KB193863

마지막 길 위에 서서
이루지 못한 아쉬움을
한 방울의 눈물로 대신한다

문수봉
제2문집

한 송이 야생화가
되고 싶다

청어

한 송이 야생화가 되고 싶다

문수봉 제2문집

발간에 즈음하여

이제 내 인생 여정에 마지막 길 위에 서 있다. 태어나서 83년, 그동안 고생도 많았다. 세상을 배워가면서 성실하게 살았지만 가시밭길도 걸어보고 탄탄대로도 걸었다.

그러나 지금은 모든 것을 접고 인생의 뒤안길로 사라져야 할 때다. 공무원으로 시작해서 젊음을 다 바쳤고 불공정과 몰상식이 난무하는 사업도 해보았다. 그리고 내 삶의 저물녘엔 글을 쓰기 시작해서 10년이 되었다.

자연을 벗 삼아 시, 수필, 소설도 써보았지만 모든 것이 부질없는 짓이었다. 질보다 양을 추구한 글들, 깊이 없는 작품들 앞에서 부끄러움을 느낀다.

지금 내 생명은 바람 앞의 촛불이다. 언제 꺼져버릴지 모르는 촛불, 전집을 내지 못하고 문집을 내는 이유이기도 하다.

놓쳐 버린 기회 때문에 애통해하지 않으며, 거둬들인 성공도 별거 아닌 걸 살다 보니 알게 되었다.

생명을 마무리할 즈음에 내 보금자리인 산장에서 맑은 공기와 깨끗한 물을 마시고 나뭇잎을 스치는 바람 소리, 새들의 울음소리를 들으며 살았던 숲속 생활에 만족했다. 단 하나 이루고 싶은 마지막 소망이 있다면 모두가 공감하고 인정해 주는 글 한 편 남기고 싶었지만. 이루지 못한 아쉬움은 눈감을 때 한 방울의 눈물로 대신하련다.

2025년 봄 장산제에서

무엇을 쓰든 짧게 써라. 그러면 읽힐 것이다.

명료하게 써라. 그러면 이해될 것이다.

그림 같이 써라. 그러면 기억 속에 머물 것이다.

— 조지프 퓰리처

첫 줄을 쓰는 것은
어마어마한 공포이자 마술이며
기도인 동시에 수줍음이다.

— 존 스타인백

―――――

제대로 쓰려 하지 말고 무조건 써라.

— 제임스 서버

차례

초고는 가슴으로 쓰고, 재고는 머리로 써야 한다.
글쓰기의 첫 번째 열쇠는 쓰는 것이지
생각하는 것이 아니다.

— 영화 〈파인딩 포레스트〉

시상(詩想)이
가슴속에서 우러나와
머리로 풀어내는 노래

[시] 제1부

마음의 거울

밤하늘에
떠 있는
보름달이
너무 밝다

달을 품고
넓은 하늘을
날고 싶다

먼 곳 마을이
불빛으로
아름답게
빛나고

마음속에
품은 달은
거울이 되어
눈망울 속에
잠긴다

오늘은
눈이 부시도록
밝은 달을
사랑하고
싶은 밤이다

산장에 가면

산장에 가면
그 사람이
살고 있다

시끄러운
세상살이가 싫어

혼자서
외로움을
즐기는 사람

나뭇잎 스치는 바람소리

새들의
조잘거리는
노래를 들으며

자연을 벗 삼아
유유자적하는 사람

그는 이곳을
낙원이라
부른다

수련(睡蓮)

조그마한 연못에
하얀 수련이
앙증맞다

해가 뜨면
꽃잎을 열고
해가 지면
꽃잎을 오므린다

청아하게
피는 꽃
수련

사람들의
마음을
훔치려고

오래오래

피고 지면서

아름다움을

자랑하는가

*수련: 물속에서 핀 수련이 아니고 긴 잠을 잔다는 뜻의 이름

비천상(飛天像)

안개가 산허리를 감고
나풀나풀
우아한 몸짓으로 춤을 춘다

아름다운
날개옷을 입은
천사가 기다리는 곳

송림 사이로
흐르는
안개비

외로운 산장
비천상의
아름다움이런가

살갗에 와 닿는
가는비에
정신마저
혼미하다

*비천상(飛天像): 하늘에 살면서 하계 사람과 왕래한다는 여자 선
인(仙人)을 그린 그림

소낙비

한 여름밤
시원한
바람을 동반한

굵은 빗줄기가
지붕 위에서
감성을 자극한다

우두둑 우두둑

산등성이에서
천둥소리가 들리고
번갯불이 번쩍인다

소낙비가
메마른 대지를 적시며
세차게 내린다

처마 밑으로
흘러내리는
빗소리는

봄에 옮겨놓은
영산홍 가지에
새순을 돋게 하는
피돌기인가

피우지 못한 홍매

창문 밖
저만치 서 있는
홍매화

해마다 붉은 꽃
아름답게
피우더니

올 봄에는
계절의 감각을
잊었나

툭 튀어나온
꽃망울
터트리지 못하고

초록 잎이
나뭇가지 끝에
가냘프게 매달려

불어오는
봄바람에
한들거리네

춤추는 설화

하늘에서
춤추는 여인이
내려온다

얽히고설키고
아름다운
눈 꽃송이

세찬 바람에
산골짜기로
훨훨 날린다

얼굴 위에도
하얀 눈송이가
사뿐히 내려앉는다
예쁜 천사의
나풀거리는
날개옷인가

먼 허공에서
내려오는
눈송이들이

가슴속
깊은 곳으로
파도처럼
밀려오네

구천으로 가는 길

이제 늦었나 보다
보슬비가 내려도
눈물이 나오고

아름다운
꽃을 봐도
눈물이 나네

파란 하늘 저 멀리
구름이 빠르게
흘러가도

새벽 창가에
새들이
찾아와서
청량한 목소리로
노래하는 것을
들어도

장송곡처럼

들리는 것은

아무래도

구천으로 갈 날이

가깝게 느껴지기

때문이리라

가을을 부르는 소리

뙤약볕의
뜨거움이 사라지면
매미의 서글픈
노랫소리가 들린다

가을을 부르는 소리다

새들도
멀어져가는
여름의
뜨거운 태양을
그리워하며
조잘거린다

스쳐 지나가는 세월이

너무 빠르다

나뭇잎은

점점 붉은 빛으로

가을을 맞이하고

겨울이 오기 전에

이파리를 빨갛게

물들인다

흘러가는 시간이

너무 빠르게 지나감을

아쉬워하면서

숲속의 오솔길

구불구불
숲속의 오솔길을
걷는다

백여 년을 살아온
홍송 가지 사이로
파란 하늘이 보이고

솔향이 진하게
느껴진다

맑은 공기와
피톤치드 향이
어우러져

몸과 마음이
행복하다네
날으는 단풍잎

상처 입은 까마귀

갈 길을 잃은
검은 까마귀
한 마리

산장 마당
잔디 위에
내려앉는다

날개가 부러져
마음대로
날지 못하고

생명을
이어가기 위해
먹이를 찾는다
쌀 한 줌
뿌려 놓으니

충분히

배를 채우고

하늘로 날아오른다

남은 생을

행복하게

살겠지

바람의 갈재

노령을 휘감고
구불구불
돌고 돌아
바람 타고
갈재를 내려온다

장성호
둘레길을
걷노라면
어느새 황룡의
기를 느끼네

호수에서
한걸음
천년고찰 백양사
애기단풍이
사람들의

마음을
풍요롭게 한다

아~
재봉산 밑으로
길게 뻗어 있는
긴장 잿 성

그곳에서
어릴 때 추억을
더듬어
회상에 잠긴다

사랑스런 내 고향
장성이라고

노을이가 짖는다

긴 아픔에서
깨어난
노을이가

앞산을
바라보며
짖는다
멍 멍 멍

초저녁에
짖기 시작해서
아침까지
짖어댄다

숲속에서
움직이는
야생 동물들이

검고 예쁜
눈망울 속에
움직임이
보일까

완전하게
건강을 회복하지 못한
반려견

이제 그만
짖어대고
조용하게
살아보세

*노을이: 산장에서 키우는 노란 털옷을 입은 반려견

여운

언젠가는
회오리바람에 밀려

흐르는 세월 속으로
빠져들어 가는
인생 여정

기적소리가
아스라이
들리는가 싶더니

멀리 흘러가는
구름 따라

긴 여운만
남는다

가을에

훨훨훨

새빨간 옷
갈아입고
날아가는 단풍잎

나무 밑에
붉은 색감
아름답게
뿌려 놓았네

하얀 눈이
내리면
눈 무덤 속에서
진홍색
물감으로
사랑을
노래하리

글을 쓸 때는 모든 것을 내려놓아라.
당신의 내면을 표현하기 위해
단순한 단어들로 단순하게 시작하려고 노력하라.

― 나탈리 골드버그

시상(詩想)이
가슴속에서 우러나와
머리로 풀어내는 노래

새들의 노래

여름이 되면
창가에
찾아와서

새벽잠을
깨워주던
이름 모를 산새들

세월의
흐름을
잊었나

기다리는
노랫소리는
들을 수 없고

찬바람 소리만
마음을
울적하게 한다

언제쯤
예쁜 새들의
청량한 목소리

귓전에
아름답게
울려 퍼질까

소나무의 운명

어젯밤
바람 소리가
요란하더니

백 년 된
소나무가 중동이
부러졌다

긴 세월을
잘 버티고
살아왔는데

하룻밤
태풍에
부러지다니
내 마음도
함께 무너지며

허약한

운명을

한탄한다

덫

야생짐승을
잡으려고
설치해 놓은 덫

산속을
헤매다가
걸려들었다

발등을
조여오는
쇠꼬챙이

가죽신을 뚫고
살 속 깊이
파고든다

동물을

잡으려다

사람을 잡겠네

낙엽 1

가을이 되면
활엽수는
옷을 벗는다

벌거벗은
나무는
추위에 떨고

가지에서
떨어진
낙엽들은

바람에
이리저리
굴러다닌다
낙엽
구르는
소리는

사람들의

마음을

슬프게 한다

낙엽 2

달이 밝다
차가운 달빛이
마당으로 쏟아지고

바람에
낙엽이 대굴대굴
굴러다닌다

부딪치는 소리가
사각사각
애처롭다

첫사랑의 여인이
낙엽 구르는
소리를 타고
슬그머니
찾아올 것 같은
기분 좋은 밤이다

인연

만나면 헤어지고
헤어지면
또 다른 사람을
만난다

내 곁에 찾아오면
정을 주고
스쳐 지나가면
잊는다

인연은
어쩔 수 없이 맺어진
아름다운
사랑이다

배산임수

선친을 모신
깊은 산속
양지바른 묘역

뒤쪽으로는
산을
등지고

앞으로는
연못에
물이 가득하다

우리의
조상들이
명당이라 하네

죽어서
편히 쉴 곳
배산임수

마음속에
간직해야 할
꿈이라네

비를 먹는 물안개

물안개가
골짜기를 타고
밀려오던 날

먼 옛날
사랑했던
여인을
생각한다

밤잠을
이루지 못하고
거리를
배회하면서

아우성쳤던
그날이
가물가물한데

비를 머금고
골짜기를 타고
흐르는

실오라기 같은
물안개를
보고 있노라면

그 여인이
생각나
가슴이 촉촉이
젖어온다

노랑나비

7월의
타일랜드
태양이 뜨겁다

하늘에는
노랑나비
물결이
춤을 춘다

낙엽처럼
흩어지는
노랑 물결

옐로우
버터플라이
불어오는
바람을 타고
낙엽이 되고
나비가 된다

수많은
나비들은
어디서 왔다가

바람 따라
세월 따라
어디로
흘러가는지

인생길

태어나서
죽을 때까지
수많은 사람과
만나고 헤어진다

정을 남긴 사람
마음에 상처를 주고
떠난 사람

증오와 사랑이
엉클어진
잊지 못할 인연

만남과
헤어짐의
인생길

자기 스스로

각색하고

연출하는

한 편의 드라마라네

으름 열매

가을에
잘 익은
으름 열매

큰 나무를 휘감고
높은 곳에
매달려 있다

때가 되면
자기 배를 열어
하얀 속살을
드러내고

새들에게
먹잇감을
제공한다

열매를 맺어
자기를 희생하는
으름 나무

푸른 숲속에
갈색의 열매가
사랑스럽다

한 맺힌 눈물

눈물이란 묘하다
슬플 때도 흘리고
기쁠 때도 흘린다

아버지가
눈을 감을 때
흘렸던 눈물

몸은 이미
무기물인데

눈시울을 적시는
한 방울의
눈물이

왜 그렇게
마음을 울렸을까

눈감으면

그날의 생각으로

가슴이 아파온다

먹이를 찾는 백로

조그마한 연못에
아침 일찍
백로가 찾아왔다

물속에
조용히 움직이는
물고기를 찾는다

사람을 보고 놀라서
푸드득 하늘로
날아오른다

물속의 물고기는
잡혀 먹혔을까

백로는 허기진 배를
채웠을까 궁금하다

산장의 늙은이는

걱정으로

하루해를 보낸다

돌배 주(酒)

숲속 외딴곳에
홀로 서 있는
돌배나무

잎이 무성한
여름이면
열매가

초록색 잎으로
위장하여
보이지 않는다

가을이 되면
갈색으로
옷을 갈아입고

둥근 열매가
자태를
자랑한다

잘 익은
돌배로
술을 담그면

세상에서
제일 맛있는
돌배 주가
탄생하고

달콤한 술 한 잔에
온 세상이
내 것처럼
황홀해진다

두암초당

숲길을 돌아
가파른 길을
올라가면

바위를 파내고
아담하게 지어놓은
조그마한 누정

세월을 품고
오백 년을
버텨온 팔작지붕

고창군 아산면
반암리 산126번지

효성이 지극한
두 아들의
시묘살이

후세까지
마음속
깊은 곳에 남아

초당 주변을
맴돌며
울림을 주네

때로는 쓰기 싫어도 계속 써야 한다.
그리고 때로는 형편없는 작품을 썼다고 생각하는데
결과는 좋은 작품이 되기도 한다.

— 스티븐 킹

일상생활의 체험을
느낀 대로 쓰고 전파하는 글

숲 향기에 취해

깊은 산속의 밤은 고요하다. 밤하늘에 촘촘히 박혀 있는 별들은 심약한 사람들의 마음을 훔치려고 아름다운 빛을 발산하면서 자기만의 멋을 자랑하고 있는 것일까?

쏟아질 듯 수많은 별은 우리가 사는 세상을 내려다보고 있다. 가끔 함께 살고 있는 반려견 노을이가 캄캄한 밤에 둥근 달을 보면서 '멍멍멍' 짖어댄다.

우주의 조화(造化) 속에서 사람들이 바라보는 밤하늘은 한결같이 아름답게 보이지만은 않는다. 마음이 울적할 때는 유난히 싸늘하게 느껴지는 것은 어렵게 살아온 여정의 아픔 때문일까?

산장지기는 달과 별과 숲을 보면서 서로 친구처럼 의지하며 살아간다. 이곳 산골에는 여러 종류의 동식물이 낮과 밤을 가리지 않고 활발하게 움직이고 있다.

멧돼지와 고라니, 산고양이가 숲속에서 활개를 치고 돌아다니는 그들의 터전이기도 하다. 어쩌다 마주치면 깜짝 놀라는 표정을 볼 때는 내가 침입자가 된 것 같기도 해서 미안한 생각이 든다. 숲 향기에 취하고 맑은 공기와 깨끗한 지하수로 정신이 맑아지는 곳, 자연과 함께 숨을 쉬는 푸른 숲은 정신적, 육체적으로 생활에 윤활유가 되기도 하지만 인간이 자연 속에 공존하면서 살아가는 우주의 진리가 그 속에 들어 있어 더불어 산다는 것을 의미하기도 한다.

산장지기는 자연이 선물하는 사계절을 가장 사랑한다. 그것은 계절마다 색다른 즐거움을 주기 때문이다.

봄에는 나무들이 자기들만의 아름다움을 자랑하려고 싹을 틔우고 화려하게 꽃을 피운다. 사람들은 그들이 내뿜는 봄내음을 좋아한다.

여름이 되면 푸른 숲은 그야말로 활기를 찾는다. 진녹색으로 옷을 갈아입고 조용히 불어오는 바람에 옷깃을 살랑거리면서 예쁜 새들의 노랫소리를 듣는다.

그렇게 아름답던 여름이 가고 가을이 되면 나뭇잎은 빨강, 노랑, 초록색으로 채색하고 사람들의 눈망울을 초롱초롱하게 빛을 내게 하다가 바람이 불면 어딘가로 흩어져 날아간다. 그걸 바라보던 산장지기의 하루는 훌쩍 지나가 버린다.

겨울이 오면 온 산하를 하얗게 물들인다. 북풍이 세차게 불어오면 쌓인 눈덩이를 하늘 높이 분산시키며 으스스 춥고 몸을 움츠리게 한다.

자연은 참으로 오묘한 진리가 들어있다. 이 세상 모든 것을 아우르고 그 속에서 행복을 찾도록 희망을 갖게 한다. 나이가 들어 노화 현상으로 눈이 침침해서 사물이 잘 보이지 않을 때는 멀리 있는 푸른 숲을 바라본다. 초록색 이파리들은 시력을 좋게 하는 치료제이기도 하며 짙은 향기는 혼탁한 정신을 맑게 해준다. 여기저기 피어나는 야생화는 사람들의 마음을 한없이 행복하게 한다.

숲은 먹을거리의 보물 창고이기도 하다. 산딸기며 으름이며 수많은 산열매가 무진장 널려 있다. 그렇게 자연은 우리가 이해하지 못하는 마법을 가지고 있다. 수많은 세월을 거치며 인간세계를 놀라게 하고 그 속에서 건강하게 살아간다.

오늘도 노을이와 하루를 보낸다. 평생을 같이하고 싶은 반려동물, 그는 가족이면서 친구다. 배가 고프면 밥 달라고 아우성이고 배가 부르면 꼬리를 흔들면서 주인에게 기쁨을 선물한다. 사람과 하늘에 떠 있는 별과 달, 산속의 동물들은 서로 교감하면서 모두 자연 속에서 평화롭게 행복한 삶을 추구한다.

그리고 가슴속으로 쓸쓸하게 찾아오는 외로움을 잘 견디며 복잡한 인생길을 뚜벅뚜벅 걸어간다. 별빛이 쏟아지는 캄캄한 밤에 숲속의 진한 향기를 맡으며 살아 있음을 고마워한다.

산장지기는 여기 숲속이 지상의 천국이라고 생각한다. 영혼과 육신을 포근하게 안아주는 숲 향기에 취해 살고 있기 때문이다.

절규(絶叫)

어느 햇살 좋은 봄날, 벚꽃잎이 눈보라처럼 흩날리는 것을 보면서 아득한 청년 시절, 어둡고 두려웠던 과거를 회상한다.

갑자기 총소리가 들리고 주위가 어수선해졌다. 열대의 정글 지대는 야자수잎들이 축 늘어져 더위에 지친 모습들을 하고 있었다.

사람들이 자주 통행하지 않은 좁은 숲길은 열대림이라서 습기가 많다. 그 길을 걸으면서 갑자기 고향 생각에 잠시 빠져들기도 했다.

오늘의 삶이 내일로 이어질 수 있을지, 고향의 뒷산을 연상케 하는 숲길을 걸으며 부모님과 형제들을 소환해 그리움과 슬픔이 뒤범벅되며 여기 정글에서 이대로 죽을 수는 없다. 기필코 살아 돌아가리라.

내딛는 발걸음에 힘을 실었다.

우리를 죽이려 하는 적들과 싸우면서 죽지 않으려고 혼신의 힘을 다해 정글을 누비던 용감한 대한민국의 파병 전우들이다.

열대 지방이라 우기가 되면 억수 같은 소나기가 쏟아져 온몸에 비누질하고 야외에서 그대로 샤워를 즐기기도 하는 전쟁터 베트남, 한국의 젊은이들이 수없이 죽고 한 줌의 재가 되어 영혼만 고국으로 돌아간 슬픈 역사의 순간들이었다.

전사자는 수천 명이었고, 부상자도 엄청 많았다고 정부에서 발표했지만 정확한 수치는 알 수 없다. 용병으로 남의 나라 전쟁에 참전한다는 것은 부끄러운 현실이다. 지나간 과거는 잊어야 하는데 쉽게 잊혀지지 않는 것은 눈물 어린 아픔이 있기 때문이다.

전쟁터에서의 수색 작전은 항상 죽음이 도사리고 있었다. 살기 위해서 적을 죽여야만 하는 것, 최초의 살인을 경험하는 것은 일생을 살아가면서 평생 가슴에 묻어두고 언급하지 못한 트라우마다.

야간 수색 작전이 있던 날, 일개 분대 병력이 어두운 정글을 숨을 죽이고 전진하던 순간이었다. 갑자기 섬광이 번뜩이고 엄청난 폭발음이 들렸다. 앞서가던 전우가 부비트랩을 밟은 것이다.

전쟁터에서 적군을 살상하기 위해서 폭발 장치를 땅에 묻거나 나무 사이를 전선으로 연결해서 트랩을 설치하고 건드리면 폭발하도록 설치해 놓은 장치가 숲속 곳곳에 숨어있었다. 눈을 뜬 곳은 사단 사령부 의무 중대였다.

살려달라는 아비규환의 절규가 들려오고 주위에는 부상자들로 가득했다.

피투성이가 되어 몰골을 알아볼 수 없는 부상병이 마지막 발악을 하고 있었다.

"살려주세요! 살려주세요!"

그는 죽음의 문 앞에서 절규하고 있었다. 병실 안에는 모든 사람이 숨을 죽이고 울부짖는 소리를 들으며 이 참혹한 현실 앞에서 죽지 않고 살아나야 한다는 눈빛만이 간절했다.

옷을 벗기고 상처를 확인하는 군의관이 소리친다. 살려줄테니까 가만히 있으라고, 부상 정도가 심하지 않던 동료들이 고요 속에서 군의관을 응시하고 있다. 숨소리도 죽인 채 제발 처참하게 죽어가는 전우를 살게 해 달라고 마음속으로 빌면서 가슴을 졸인다.

고성능 폭탄으로 몸은 누더기처럼 만신창이가 되었는데 그래도 살고 싶어 몸부림치는 전우의 울부짖음이 폐부를 찌른다. 생존본능이다, 비명을 지르다가 소리가 점점 작아진다.

"살려주세요…"

군의관은 죽어가는 한 사람의 생명을 살리기 위해 안간힘을 쓴다. 넝마처럼 너덜거린 부상병에게 최선을 다해 보지만 희망이 보이지 않자 울음인지 비명인지 고함을 친다.

"살려줄 테니 조용히 하라고!"

10여 분이 지난 후 숨소리는 멎었다. 피와 땀으로 젖어버린 군의관의 눈에서 뜨거운 눈물이 흐르고 있었다.

함께 전쟁터를 누비던 전우가 눈앞에서 숨을 거두고 있는데, 아무런 도움도 줄 수 없는 자신들의 안타까움조차 표현할 수 없어 좌절하고 있었다.

우리 민족을 위한 전쟁도 아닌 남의 나라 전쟁터에서 비참하게 죽어간 그는 고귀한 생명의 보상을 어떻게 받을 수 있을 것인가? 그리고 자식의 죽음을 받아들여야 하는 부모님과 형제들의 슬픔을 누가 어떤 것으로 대신 할 수 있을까!

수색 작전에 동행했던 전우, 누구는 죽어서 구천으로 가고 또 다른 누군가는 살아서 고국으로 돌아갈 수 있다.

두 갈래 길에서 헤어진 그들은 어디에서 다시 만날 수 있을까 참으로 가슴 아픈 사별을 하면서 각자 자신들의 운명으로 치부할 수밖에 없는 현실이 안타까웠다.

과거의 생각을 떠올리면 어제의 일처럼 생생한 전쟁의 상흔들을 까마득히 잊고 산 세월들이 아지랑이처럼 피어올라 지나온 몇십 년의 세월과 시간들이 쓸쓸하기도 하고 왠지 아리기도 한 그 눈빛들….

잘 우려낸 홍차처럼 또렷하고 선명하게 추억으로 자리 잡고 있다. 남들이 갖지 못한 뜨거운 가슴과 피 끓는 젊음을 전쟁이라는 경험을 통해 얻었으니 이 또한 아련한 추억이 아니고 무엇이랴!

그날 죽어간 전우의 "살려주세요…"라는 절규가 마음속 깊은 곳에 도사리고 문득문득 떠오르지만, 과거는 잊혀진 현실이 되고 말았다.

그렇게 전쟁의 비극적인 몽상은 잊지 못할 것이고 참전했던 전우들의 가슴속에서 영원히 숨 쉬고 있으리라.

새야 새야 파랑새야

입추가 엊그제 지났는데 아직도 더위는 기승을 부리고 있다. 이럴 때는 깊은 산 울창한 숲속이나 바위틈 사이로 계곡 물이 졸졸졸 흐르는 곳을 찾아 더위를 식히는 것이 가장 좋은 방법이다.

이렇게 무더운 여름을 이겨내기 위해 순창군 강천사를 찾아가는 길이었다. 자동차를 운전하면서 주위를 살피고 가는데 눈에 띄는 안내 표지판 하나가 시야에 들어왔다. 25km 떨어진 곳에

「녹두장군 전봉준관」이 있다는 것이다. 왜 기념관이 아니고 그냥 '관'이라고 썼을까 의문이 들면서 어릴 때 마음속으로 따라 불렀던 노래가 어렴풋이 생각났다.

'새야 새야 파랑새야
녹두밭에 앉지 마라

녹두꽃이 떨어지면
청포 장수 울고 간다'

 녹두장군 전봉준을 그리워하며 민중들이 불렀던 구전민요
이며 동학혁명에 희생된 남편들의 영혼을 달래기 위해 아내
들이 울부짖으며 불렀던 만가(輓歌)였다고 한다.
 시골길이지만 잘 포장된 2차선 도로를 달려 도착한 곳은
동학혁명의 선봉장이었던 전봉준 장군을 기리기 위해 순창
군에서 조성해 놓은 기념관이었다. 기념관이란 우리말 사전
에 이렇게 기록해 놓았다.
 '어떤 뜻깊은 일이나 훌륭한 인물 등을 오래도록 잊지 아
니하고 마음에 간직하기 위하여 새로운 건물, 여러 가지 자
료나 유품 따위를 진열하여 둔다'라고 설명하고 있다.
 기념관이라고 하지 않고 왜 그냥 「전봉준관」이라고 했을
까, 의문이 풀리지 않은 채 이곳 순창군 쌍치면 피노리라는
조그마한 마을에 도착했다. 맨 먼저 보이는 비석 하나.
 '전봉준 장군 피체 유적비'였다.
 농민들과 함께 새로운 세상을 만들기 위해 혁명을 꿈꾸었
던 전봉준 장군은 이곳 피노리에서 부하였던 배신자의 밀고
로 붙잡혀 일본 헌병대에 인계되었고 서울로 압송되어 처형

되었다고 한다.

비문을 읽으면서 비통함과 치미는 울분으로 가슴이 미어지는 것 같았다. 우리 민족에게 이런 비극이 다시는 없기를 바라면서 전봉준 관에 들어섰다. 목숨을 걸고 투쟁했던 열사의 기념관치곤 너무나 초라한 건물에 장군의 행적을 기록해 놓은 기록관이었다. 상투 머리에 수염을 짧게 기르고 적삼을 입었지만 검은 눈썹에 예리한 눈동자, 비록 사진 앞이지만 그의 모습에 압도당하는 느낌이 들었다.

아무리 규모가 작다고 그냥 「관」이라고 적어 놓은 것이 마음에 걸렸다. 기념관이라고 했으면 더 품격이 있었을걸. 바로 옆에는 장군이 체포될 때까지 기거했던 집을 복원해서 보존해 놓았다.

오직 농민들과 함께 모두가 동등하게 잘 사는 새로운 세상을 만들기 위하여 목숨을 바쳐 노심초사했을 그분의 모습을 보면서 그때 그 시절로 돌아가 장군의 고뇌가 내 가슴에 고스란히 느껴져 울분을 참을 수가 없었다.

동학혁명이 시작된 것이 1894년 그날로부터 130년이 지나간 지금 우리나라는 친일 분자들이 활개를 치고 있다. 독도를 일본에 갖다 바쳐버릴 것이라는 의구심을 갖도록 하는

무리들이 있는가 하면 종군 위안부나 강제노역으로 끌려갔던 사람들에게 우리나라 세금으로 배상금을 보전해 주자는 정신병 환자들이 있다.

일본에 굴종적인 자세를 취하면서 매국노처럼 국가를 운영하는 사람들, 그들은 어느 나라 사람들인지 분간할 수 없다. 이 시대에 전봉준 장군처럼 새로운 희망, 새로운 세상을 꿈꾸는 사람이 단 한 명이라도 우리 주변에 있다면 얼마나 좋을까!

이런 격동기에 살고 있는 국민들의 답답한 마음을 어디에 하소연해야 할까!

만약 지하에 계신 전봉준 장군이 살아 계신다면 어떻게 하실까 궁금하다. 세상을 민중의 것으로 바꾸고 싶은 꿈을 꾸었는데 아직도 혼돈의 시대에 살고 있는 우리나라 국민들의 슬픔은 언제쯤 치유될 수 있을까? 참으로 안타까운 심정이었다.

영혼이 잠든 침대

사람들이 평생을 살면서 삼 분의 일을 잠을 잔다고 한다. 수면을 취하면서 꿈을 꾸고 꿈속에서 여러 가지 환영(幻影)을 보곤 한다. 돌아가신 부모님도 만나고 가장 좋아했던 사람과 싸움도 하면서 잠을 설칠 때가 있다.

가끔 해몽을 풀어쓴 글을 볼 때가 있다. 길몽이냐, 흉몽이냐, 의견도 다양하고 해석의 차이도 각각 다르다.

그러나 한 가지 분명한 것은 꿈은 깨어나면 허망하다는 것이다. 꿈을 꾼다는 것은 깊은 잠을 자지 못한다는 것을 말한다.

이렇게 여러 형태의 꿈을 꾸면서 편한 잠을 자려면 침대가 좋아야 한다. 좋은 꿈을 꾸는 것도, 깊은 잠을 잘 수 있는 것도, 돌아가신 어머니의 잔상을 볼 수 있는 것도 잠자리가 포근해야 이루어질 수 있는 현상이다.

어머니가 쓰시던 방은 TV 하나에 침대 하나가 전부인 조그마한 방이다. 세상을 떠나시기 전, 지금 살고 있는 집으로 이사 와서 20년을 아들과 같이 함께 사셨다. 그때 쓰시던 침대가 지금도 그 방에 그대로 있어 이제 82세 된 아들이 사용한다.

꿈속에서 혹시 만날 수 있을까? 하는 생각으로 잠들지만 어쩌다 가끔만 보러 오신다.

살아계실 때의 따뜻한 정을 느낄 수는 없지만, 마음속에 담겨진 어머니의 그림자는 지금도 영원하다 할 것이다.

코로나가 한참 기승을 부리던 시기에 요양병원은 면회도 허락하지 않았다. 임종만큼은 할 수 있도록 원장에게 간청해 두었지만 그것도 할 수 없었다.

어느 날 새벽에 숨을 거두었다고 연락이 왔다. 예상은 하고 있었지만 임종도 할 수 없다는 생각에 충격이 엄청 컸다. 가슴이 무너져 내렸다.

병원 영안실에서 아직 몸에 온기가 남아있는 손을 붙잡고 한없이 눈물을 흘렸다.

얼굴에 평온한 미소를 띤 어머니를 이제 영영 만나지 못할 것을 생각하면 가슴이 무너져 내렸다. 그렇게 어머니와 너무나 허망하게 헤어졌다.

돌아가신 뒤 가끔 꿈속에서 만나 볼 수 있긴 하지만 어느 때는 웃는 모습으로 아들을 기쁘게 해주고 어떤 때는 우울한 얼굴로 나타나서 마음을 울적하게도 한다.

살아계실 때 조금 더 잘해드릴걸, 여행도 하고 맛있는 음식도 사드리고 후회 없는 삶을 살았다고 느낄 때까지 행복하게 해 드릴걸, 하지만 돌아가신 뒤 후회한들 무슨 소용이 있을까!

이제, 제대로 효도하지 못한 아들도 저승으로 가야 할 때가 되었는데 겨우 어머니가 잠들었던 침대 위에서 먼 옛날을 그리워하는 것 외에 무엇이 있을까 자문자답해 본다.

어머니가 꿈속에 나타나면 무슨 이야기를 할까! 생전에 주고받던 말을 스스럼없이 할 것이다.

"엄니 하늘나라는 살기 좋은 곳이여."

"좋긴 한데 새끼들이 너무 보고 싶다."

"이승에서 있었던 일들을 모두 잊고 편히 지내야제."

"자식들이 생각나는 걸 어떻게 하겠냐!"

"엄니 아들도 곧 곁으로 갈 거니까 그때 봐."

"일찍 오지 말고 조금 더 행복하게 살다 오거라."

이런 말들을 하면서 어릴 때 추억들을 생각하겠지!

어머니의 영혼이 깃든 침대는 어떤 값비싼 침대보다 더 좋은 꿈을 꾸는 보금자리다. 포근하게 잠든 아들을 보면서 좋아하실 엄니를 생각한다.

 '엄니 가끔 꿈속에서 만나요' 이승에서 다 해 드리지 못한 효도를 더 따뜻한 마음으로 안아드릴게요.

 이 세상에서 어머니를 가장 사랑했던 아들이 오늘도 엄니 냄새가 물씬 풍기는 침대에서 잠을 청한다.

노을이의 아픔

　그 녀석과 나의 만남은 햇볕이 따스한 봄날이었다. 길옆으로 영산홍과 불두화가 피고 작은 연못에는 하얀 수련이 앙증맞은 꽃망울을 터뜨려 산장의 아름다움을 한껏 자랑하던 즈음이었다.

　평소 가깝게 지내던 친구가 강아지를 데려와 차에서 내리는데 노란 털옷을 입고 갈색 눈이 아주 예쁜 진도견이었다.

　아직 태어난 지 일 년도 못 된 앳된 녀석은 차에서 내리자마자 오래된 주인을 만난듯이 앞발을 무릎에 걸치고 재롱을 부린다. 눈을 반짝반짝 빛내며 새로운 둥지가 마음에 들었는지 얼굴에 미소를 짓고 있다.

　산장엔 저녁노을이 아름답게 펼쳐지고 산마루에 엷게 깔린 구름의 붉은 빛이 신비한 분위기를 연출한다. 어쩌면 이 녀석과 함께 내 인생의 아름다운 석양을 바라보면서 생을 함께 하면 더없이 행복하리란 생각에 노을이란 이름을 붙여

주었다.

진돗개의 수명은 평균 14년쯤 된다고 하는데 새로 맞은 주인의 삶도 그쯤 남았을까? 노을이와 정을 주고받으며 노년을 보내면 그것이 삶의 종착역에서 누리는 최고의 행복일 것 같다는 생각이 들었다.

그 녀석이 내 곁에 둥지를 틀면서 나는 차츰 외로움에서 벗어나는 것 같았다.

아직은 어리지만 먹는 것도 잘 먹고 주인을 보면 예쁜 꼬리를 살랑살랑 흔들면서 좋아죽겠다는 표현을 한다. 나는 노을이의 커가는 모습을 보면서 점점 내 마음도 젊어지는 것 같았다.

산책도 같이 가고 집 마당에서 운동을 하면 주인 곁을 떠나지 않는다. 가까운 동네를 한 바퀴 돌 때면 주위에서 30미터 이상은 절대 떨어지지 않고 맴돈다. 주인을 지키려는 보호본능이 발동한 것일까? 반짝이는 외모를 자랑하며 항상 웃는 얼굴을 하고 내 마음을 기쁘게 한다.

가끔 밤이면 산에서 먹이를 찾아 내려온 멧돼지와 싸워서 상처를 입을 땐 내 살이 찢어진 듯 아프지만 자연에서 살아가는 것이 쉽지 않다는 것을 알아가는 것 같았다.

노을이는 먹는 것도 고급으로 먹는다. 기본사료에 멸치와 식빵을 번갈아 준다. 맛있는 음식을 먹을 때면 사람처럼 얼굴이 밝아진다. 사람이나 동물이나 맛있는 음식 앞엔 행복을 느낄까!

인간과 동물이 서로 교감할 수 있다는 것은 자연 속에서 살아가는 모든 생물체에게 조물주가 베풀어준 은혜로움이다.

어느 날 그 녀석에게 불행이 찾아왔다. 얼굴이 까칠해지고 노란 털이 부스스 일어나더니 축 늘어진 귀에 피가 흐르기 시작했다. 무슨 몹쓸 병이라도 걸렸을까? 애가 탔지만 자연 치료가 되기를 기다려 보았다.

하지만 갈수록 상태는 좋아질 기미가 보이지 않았다. 아프지 말고 커가기를 간절히 바랐지만 마음대로 되지 않는 것이 죽고 사는 문제가 아닐까!

털이 빠지는가 싶더니 군데군데 빨간 살이 보이고 얼굴은 꾀죄죄하게 변해갔다. 어찌하면 좋을까? 고심하고 있을 때 동물병원이 생각났다. 덩치가 커져버린 노을이를 데려갈 수가 없어 일그러진 얼굴과 너덜너덜해진 귀를 사진 찍어 수의사에게 보였다.

사진을 자세히 들여다보더니, 피부병이라고 한다. 그것도 악성이라니…. 주사도 맞고 액체로 된 약을 피부에 발라주고 식빵에 알약을 넣어서 먹여 보라고 한다. 그 녀석을 살리기 위해서는 무슨 일이든 해야 했다. 동물병원에서 처방해 준 대로 치료를 하면서 병을 이겨내도록 최선을 다해 상당기간을 지극 정성으로 보살펴 주었다.

꼭 살아서 나와 함께 죽음을 같이 할 수 있도록 도와 달라고 빌면서 하루, 이틀, 사흘 그리고 열흘이 되던 날 기력을 조금씩 회복한 것 같았다. 험상궂게 생겼던 콧등의 상처가 아물고 귀에도 털이 나기 시작했다. 다시 예전 모습으로 돌아온 것 같았다.

이제 옛날같이 건강한 모습으로 내 곁에서 행복하게 살아가겠지. 건강을 되찾은 녀석과 산책길을 나서면 기분이 좋은지 예쁜 꼬리를 계속 흔들어 댄다. 즐거운 데이트를 한다는 생각에 기뻐하는 모습이라니, 노을이는 역시 평생을 같이할 나의 가장 가까운 친구라고 생각했다.

긴 겨울이 가고 수선화, 철쭉 등 꽃들이 자기들만의 아름다움을 자랑한다. 노을이도 그 꽃 중의 하나다. 어느 날 깊은 밤 노을이가 "멍멍멍!" 숨넘어갈 것처럼 목청을 높여 짖어댄다.

별빛도 희미하게 비추는 캄캄한 밤인데 무슨 일이 있어 짖어대는지 알 수 없었다.

다음 날 아침 노을이의 귀와 발목에서 피가 흐르고 있었다. 마음이 몹시 아파왔다. 또 멧돼지에게 물린 게 분명했다. 벌써 두 번째다. 먹이를 찾아 산에서 내려온 이빨이 무섭게 생긴 녀석에게 당한 것 같았다. 죽을 고비를 겨우 넘긴 노을이가 또 아픔을 겪게 되니 내 마음도 찢긴 듯 했다.

노을이가 괴롭힘을 당하는 것은 나의 아픔이기도 했다. 만신창이가 되었지만, 이번에도 잘 치료해 주면 나을 것이다.

그 녀석과 나는 오늘도, 내일도, 아무도 찾아오지 않는 숲속에서 때로는 아픔을 겪지만 하루하루를 즐겁게 보낸다.

강한 자만이 살아남는다는 약육강식의 이치를 스스로 배우고 터득하면서 석양에 노을이 붉게 타오르면 그 벅찬 아름다움을 바라보며 노을이와 나의 행복한 삶을 꿈꾼다.

깊은 정

50년은 반세기다. 하지만 피부로 감성적으로 느끼기엔 아주 짧은 시간이라는 생각이 든다.

시간의 흐름이란 사람마다 받아들이는 느낌이 다르다. 어떤 사람은 세차게 불어오는 북풍처럼 차갑게 아주 빠르게 지나가는가 하면 또 다른 사람은 느릿느릿 하늘에 하얀 뭉게구름이 흘러가듯 훈훈하게 서서히 지나간다.

우리가 어머니의 따뜻한 뱃속에서 생명의 씨앗을 받고 이 땅에 태어나서 때로는 불행하게 때로는 행복을 느끼며 살아왔다. 그 삶 속에서 쓴맛, 단맛, 매운맛을 마음껏 맛보고 수많은 추억을 간직하면서 쭈글쭈글하게 변해 버린 얼굴에 세월의 흔적을 깊이 새겨 놓고 때가 되면 숱한 욕망도 아쉬움도 바람결에 날려 보내고 사후 세계로 가야 한다.

누군가는 땅에 묻히고 또 다른 누군가는 불에 태워져 어딘가로 가야 하는 것이 운명이 아니던가!

그렇게 현실과 사투를 벌이며 꿈을 좇아 인생 여정을 부지런히 걷고 또 걸어왔다. 이렇게 고난의 길을 함께 걸으면서 가족이란 성스러운 이름으로 부부로 살아간다.

요즘 사람들은 적은 일에도 화를 내고 이혼이라는 해서는 안 될 일을 식은 죽 먹듯이 한다.

함께 살아온 시간이 기나긴 세월 같지만 눈 한 번 감았다 뜨면 한순간 지나가 버리는 꿈과 같은 것을….

좋은 꿈이건 나쁜 꿈이건 깨고 나면 허무하다. 긴 인생길을 걸으면서 마지막엔 반드시 행복이 있을 것이란 굳은 믿음 때문에 지치지 않고 달려왔다. 좋은 일을 겪었던 나쁜 일을 당했던 지나고 나면 한 조각 구름처럼 희미해진다.

나와 함께 반세기를 살아온 아내는 남편과 같이 잠자리를 하는 것이 불편하다고 각방을 쓰고 있다. 시련도 겪고 즐거웠던 시간들을 잘 버텨 주어 고맙기는 하지만 등을 돌린 아내가 섭섭할 때가 한두 번이 아니다.

늙어 몸이 불편해서일까 조금만 배려하면 서로 외롭지 않고 다정한 노후를 보낼 수 있을 텐데….

오래 살다 보면 육신은 늙어 병마에 시달린다. 누구나 아프지 않고 살아갈 수는 없다. 그리고 아주 몹쓸 병마가 찾아오면 병원을 찾는다. 좀 더 오래 살기 위한 몸부림이다.

내 아내도 큰 수술을 세 번이나 받았다. 아픈 몸을 의사의 수술칼에 맡길 때마다 가슴은 언제나 두려움으로 떨었다. 혹시 나쁜 일이라도 생기지 않을까 한없이 불안한 것은 살면서 쌓여온 깊은 정 때문이리라.

모든 부부가 함께 사는 동안 서로 사랑하면서 아무 탈 없이 일생을 비슷한 시기에 마감할 수 있다는 것은 행운이다.

나이가 들면 각방을 쓰는 사람들이 많다고 하는데 그것은 상대에 대한 무심함 때문일 것이다.

앞으로 살아있을 날들이 얼마 남아있지 않는데 서운한 감정이 자꾸 드는 것은 어쩔 수 없는 심정이다.

함께해 온 50년 세월, 늙음은 흐르는 강물처럼 쉬지 않고 흘러가는데 시간은 잡을 수도, 늦출 수도 없어 안타까울 뿐이다. 세월의 흐름에 맡겨놓고 마음 편하게 지켜봐야 하는 것이 인생 아니던가!

늙지 않으려고 발버둥 치는 사람들도 마지막에는 죽음이라는 종착역에서 만나게 된다.

아내와 나도 언젠가는 그 종착역에 서게 될 것이다. 서글픈 인생이다.

태어나서부터 시간은 멈추지 않고 미래를 향해 달려가면서 젊은 시절의 과거를 끊임없이 밀쳐내고 있다. 지금 이 시간을 현재라고 말한다. 현재는 고통의 시간이기도 하고 행복한 시간이기도 하지만 정작 우리는 느끼지 못하고 살아간다.

흘러간 과거는 모두 잊어버리고 현재의 시간을 행복하게 보내야 한다. 그렇게 해서 후회 없는 삶을 멋있게 살아가면 성공한 인생이고 상황이 좋지 않으면 그러려니 생각하면서 치부해야 한다.

두 발로 걸을 수 있을 때 인생을 산다고 말할 수 있지만 남의 손을 빌려야 한다면 살아있다고 말할 수 없을 것이다.

나에게도 얼마 남아있지 않은 삶을 아프지 않고 마감할 수 있는 행운이 있기를 소망하지만, 조물주께서 알아서 해주실 일이다.

아내와 함께 남은 삶을 다른 사람에게 폐 끼치지 않고 품위 있게 마칠 수 있기를 기원해 본다.

인연의 끈

항상 젖가슴이 아프다는 아내를 데리고 병원을 찾았다. 벌써 10년 동안 다니면서 같은 병원만 찾는 것은 그 방면에 권위가 있다는 의사 선생님이 계시기 때문이다.

오늘도 엑스레이 촬영을 하고 각종 검사를 마친 뒤 결과를 명쾌하게 말씀해 주신 원장님께 아내의 근심과 걱정을 벗게 해주어서 감사함을 전해드렸다. 문득 처음 원장님을 만났을 때 그녀의 수필집 한 구절이 생각났다.

'하늘이 깨어나고 모든 것이 지나가고 다시 일어난다. 기쁨도 즐거움도 슬픔도 괴로움도 같은 질량의 가치와 감정의 일부로 지나간다. 늘 있듯이 늘 없듯이 그렇게 삶은 지나가는 것이다'

이 말은 원장님의 독백처럼 들렸다.

집에 도착해서 다시 한번 요요 님께 핸드폰의 문자판을 두드렸다. 고맙다고. 요요 님은 아내의 병을 진료해 주신 원장님의 애칭이다.

새벽 3시 눈을 떴다. 나이가 들어가면서 새벽에 일찍 눈을 뜨는 것이 습관이 되어 버린 지 꽤 오래다. 한밤중 3시 문자 통신에 답신이 왔는가 핸드폰을 열었다.

'시인과 촌장 이야기' 그 속에 하덕규, 송창식 등 귀에 익은 이름들이 들어 있었다. 요요 님은 가시나무새가 가슴을 파고들었던 그 시절이 그리웠나 보다.

우리는 연인~ 자꾸 가슴속으로 파고들어 온다. 고마웠다. 글을 되새김하면서 서너 시간을 보냈다. 육체 속 어딘가에 붙어 있는 폐에서 맑은 공기를 마시고 싶어 한다. 밖으로 나와 보니 비가 보슬보슬 내린다. 어젯밤 바람이 불었는지 마당에는 낙엽이 떨어져 비에 흠뻑 젖어 있다.

새벽공기가 쌀쌀하다. 곧 겨울이 오려나 내가 살고 있는 깊은 산속 산장 주변으로 소나무는 파랗고 싱싱한데 낙엽송은 빨강, 노랑, 갈색으로 옷을 바꾸어 입으려고 한다.

자연의 오묘함이란 우주 만물을 창조하신 조물주만이 알고 있다.

보라색 야생국화가 만발한 산속에서 살아가는 인생, 언제부턴가 인연을 맺어온 요요 님께 이렇게 시 한 편으로 내 마음을 전해본다.

태어나면/ 수많은 사람과/ 만나고 헤어진다
옷깃만/ 스쳐도/ 인연이라 했던가
내 곁을/ 스쳐간/ 당신을 생각한다
영원히 잊지 못할/ 아름다운/ 인연이었다고

송창식의 '우리는' 떨리는 목소리가 가슴에 와닿는다. 가사 한 구절을 음미해 본다.

'천둥치는 운명처럼 우리는 만났다.
오오 바로 이 순간 우리는 만났다.
이렇게 이렇게 이렇게 우리는 인연'

연인보다 더 귀한 인연이라는 생각이 들었다. 한때 누군가의 험담을 듣고 나쁜 사람으로 머릿속에 담고 있었던 요요 님의 오해가 속 시원하게 풀렸으면 좋으련만….
쉽지 않을 것이다. 그러나 언젠가는 모든 것을 이해해 주리라 믿으면서 먼 훗날을 생각한다.
"출근길, 퇴근길 그들의 노래에 감동하고 기쁘게 집으로

와서 예수님께 송창식의 「우리는」을 들려드리고 그에게 나의 사랑을 고백하였다. 우리는 연인~"

종교에 옷자락을 흠뻑 적셔 정신을 잃어버리고 계신 요요 님의 독백을 듣고 우리의 인연도 소리 없는 침묵으로 느낄 수 있는 시간이 찾아오면 얼마나 좋을까 생각해 본다.

앞으로 인연의 끈이 이어질까 반신반의하지만 희망을 이어갈 수 있다는 생각으로 긴 하루를 보낸다. 지금도 요요 님의 아파트 침실에서 무등산에 떠오르는 붉은 태양을 보면서 따뜻한 웃음과 행복한 마음으로 환호하고 계실까 궁금하다.

요요 님, 인생을 앞으로도 즐겁고 행복하게 살아요. 우리의 인연이 다 할 때까지….

존 웨인의 진주만

영화는 감동이 있어야 한다. 외국이건 우리나라건, 일 년이면 극장에서 수십 편씩 상영되고 있지만 감동을 주는 작품은 몇 편 되지 않는다.

한 편을 만들기 위해 얼마나 많은 노력과 재정적인 지원이 있어야 하는데 성공한 작품은 그렇게 많지는 않다. 영화를 보고 가슴속에 오래 남아있다면 성공한 영화가 아닐까!

우연한 기회에 존 웨인의 진주만이라는 영화를 감명 깊게 보았다. 촬영된 지 수십 년이 지난 흑백영화이지만 그 시대의 배경과 조화를 잘 이루는 작품이었다.

일본이 일으킨 2차세계대전을 배경으로 이야기를 풀어간다. 인류를 죽음의 구렁텅이로 몰아가는 전쟁과 가슴 아픈 사랑을 한꺼번에 그려놓은 작품이라서 울림이 깊은 것 같았다.

영화는 일본군이 점령한 밀림에서 특수임무를 띠고 수녀

와 아이들을 구출하여 잠수함 선더호로 진주만까지 후송하면서 시작된다. 바다에서 전개되는 치열한 전투, 구축함에서 쏘아대는 폭뢰와 잠수함에서 발사하는 어뢰의 싸움도 전쟁에서만 느낄 수 있는 잔혹한 현실이다.

등장인물은 구축함 함장 페리와 그의 동생 전투기 조종사인 밥 페리, 그리고 부함장 듀크 기포드 소령(존 웨인)과 그의 이혼한 부인 메리 스튜어트(패트리샤 닐) 등 네 사람이 이야기를 엮어 나간다.

해상전투에서 아버지처럼 존경하던 페리 함장이 일본군의 사격으로 전사한다. 계속되던 전투 중에 잠수함에서 발사한 어뢰가 구축함에 맞았으나 폭발하지 않고 일방적으로 공격을 당하자 부함장 기포드 소령은 잠수함으로 들이받아 적함을 격침한다.

잠수함 선수가 찌그러지고 수리를 위해서 진주만으로 돌아온다. 하지만 어릴 때부터 기포드에게 열등감을 느끼고 살아왔던 페리 함장의 동생 밥 페리가 기다리고 있었다. 그리고 영웅심리 때문에 함장을 죽게 했다고 비난한다. 또한 기포드의 이혼녀인 메리 스튜어트와 결혼할 것이라고 말한다.

잠수함을 수리하는 기간에 해군 간호장교로 진주만에서 근무하는 이혼녀를 만나 정말 사랑했었다고 고백한다.

활짝 웃는 그녀와 둘이서 진한 키스로 옛날을 회상하면서 "결혼생활을 내가 망친 것 같아서. 우리 다시 시작하는 게 어때?"라고 말하지만 다시 돌아갈 수 없다고 하면서 기포드와의 결혼생활을 그리워한다.

수리를 끝낸 기포드의 잠수함 선더호는 일본군과의 작전에 투입된다. 그러나 대규모 일본군 함대에 포위당하고 위험한 순간을 맞이한다. 일본군의 항공 모함과 구축함 등 전함으로 포위된 선더호는 폭뢰의 공격을 받으면서 어뢰를 발사하여 일본 전함을 격침한다.

엄청나게 많은 일본군 전함과 싸우는 해상의 잠수함을 보호하기 위해 미국 항공 모함에서 발진한 전투기들이 일본 전함을 공격한다.

미국 전투기 조종사들이 일본군이 발사한 총에 맞아 추락하고 선더호에 공군 조종사를 구출하라는 명령이 떨어진다.

구출 과정에서 기포드 함장은 직접 바다에 뛰어들어 페리 함장의 동생 밥 페리를 구출하는 과정에서 일본 전투기에서 발사한 총에 맞아 상처를 입는다.

구출된 밥 페리는 태평양을 무대로 싸웠는데 또 형을 영웅으로 만들었다고 투정한다. 수많은 전공을 세우고 진주만으로 돌아온 기포드는 이혼녀인 메리 스튜어트와 만나 행복해진다.

전쟁과 사랑은 언제나 인간사회에 공존한다. 때로는 가슴 아픈 사연을 가지고 사람들을 울리기도 하고 또 다른 한편으로는 전쟁에 승리한 기쁨에 도취되어 즐거워하기도 한다.

지금도 세계 어딘가에서는 끊임없이 전쟁을 하고 있다. 수많은 사람이 죽고 부상당한다. 군인이 전사하면 미망인이 생긴다. 비극이다. 이 지구상에서 사라져야 할 인류의 잘못된 유산, 언제쯤 전쟁 없는 평화로운 시대가 찾아올 것인지 때를 기다려 본다.

효(孝) 사상

계절은 때가 되면 바뀐다. 봄에서 여름으로 여름이 지나면 가을이 찾아온다. 가을이 되면 하늘은 높아지고 아침, 저녁으로는 쌀쌀한 기운을 느끼게 된다. 길가에는 코스모스가 피어 한들거리고 활엽수의 나뭇잎은 갈색으로 물들어 간다. 들판에는 곡식들이 익어가는 풍성한 계절이다.

보름달이 둥글게 뜨고 별들이 차가움을 느끼게 하는 가을, 매미 울음소리가 잦아들고 귀뚜라미가 울어댄다. 이때쯤 추석 명절이 찾아온다. 추석은 큰 명절이지만 세월이 흐를수록 명절 기분이 들지 않는 것은 모든 것이 예전 같지 않기 때문이다.

요즘 사람들은 추석이 되면 성묘도 하지 않고 국내나 국외여행을 떠나는 사람들이 많이 있다. 조상을 생각하는 마음이 부족함에서 생긴 현상이다.

아직도 정신이 올바른 사람은 추석이 되면 선조들의 묘소에 풀을 베고 흘러내린 흙을 다듬고 정리한 다음 깨끗한 옷으로 갈아입고 성묘를 한다. 조상이 없었으면 아버지도, 어머니도 없었을 것이라는 생각을 하면서 일 년에 두어 번 조상들께 드리는 인사지만 정성을 다하는 모습에서 경건함을 느낀다.

이것은 아직도 우리나라 효 사상이 무너지지 않고 존재하고 있음을 말해준다.

내가 살고 있는 산골은 유난히도 묘지가 많은 곳이다. 추석이 가까워지면 제초기 돌아가는 소리가 그칠 줄 모른다. 귀가 시끄러울 정도로 윙~윙~윙 굉음 소리가 온산에 시끄럽게 울려 퍼지지만 싫지는 않다. 어쩌면 선조들을 쓰다듬고 섬기는 후손들의 효성에 감동하면서 아직도 벌초의 전통을 이어가는 이 시대에 감사해야 할 것이다.

숲속 여기저기에 묘지가 산재되어 오래된 묘지들은 잡초가 우거진 채로 버려져 하나, 둘 원래의 임야 상태로 돌아간다. 시골의 나이 드신 노인들의 말씀에 의하면 대규모로 가족묘를 조성하여 관리를 잘하는 곳은 오랫동안 보존되지만 여기저기 흩어져 독립적으로 조성해 놓으면 3대가 지나면 거의 없어지는 것이 통상적이라고 한다.

벌초는 조선시대 유교 사상에서 비롯된 관습으로 조상을 기리고 그분들에게 경의를 표하는 우리나라 전통이며 계속해서 지켜야 할 아름다운 풍속이다.

이렇게 벌초를 정성 들여 하는 사람들은 대부분 선량하고 마음속에 효심이 넘쳐흐른다.

길을 가다가 산골짜기에서 풀을 열심히 베고 묘소를 정리하고 있는 86세의 노인을 만났다. 아들들을 데리고 부산에서 5시간 이상이 걸리는 옛고향까지 찾아와서 벌초를 하고 있었다.

자식들에게 조상을 잊지 말고 자기가 죽더라도 꼭 벌초를 하라는 가르침을 주고자 해마다 선대 묘를 찾는다는 영감님의 속 깊은 마음과 주름진 얼굴을 보면서 시류에 물들지 않고 신선하다는 생각이 들었다.

파란 하늘 저 끝에서 선조들이 환한 얼굴로 열심히 일하는 후손들을 보면서 얼마나 흐뭇해하실까… 잠시 생각에 잠긴다.

벌초는 조상에 대한 미덕이라는 생각을 했다. 이 아름다운 효심이 언제까지 이어갈지는 모르겠지만 마음 같아서는 오래오래 전래되었으면 한다.

살아계신 부모님께도 효도하는 마음이 점점 없어져 가고 있는 이 시대에 산골짜기 여기저기에서 들려오는 제초기의 풀 베는 굉음 소리는 아름다운 세상을 노래하는 청량한 음률로 들리고 무성한 잡초들이 칼날에 잘려 깨끗해진 모습을 보면 살아계신 조상님들 목욕이라도 시켜드린 느낌이다.

후손들은 이렇게 훌륭한 효 사상을 다시 한번 가슴속에 새기며 영원히 이어졌으면 하는 바람이다.

인생길 종점에 서서

내가 선택한 길도 아닌데 어느 날 갑자기 이 세상에 알몸으로 태어나 평탄한 길도, 가시밭길도 걸으면서 고생도 많았다.

때로는 부모님으로부터 선택받아 이 땅 위에 태어난 것을 고맙게 생각하기도 했다. 일생을 살아오면서 운 좋게도 시간의 흐름을 잘 타, 나름 승승장구하기도 했었다.

인생의 봄, 여름, 가을, 겨울 사계를 보내면서 83년이라는 긴 세월을 살아왔다. 아직 할 일이 많이 남았는데 인생길의 끝이 보여 조금은 아쉽기도 하다.

요즈음 어릴 때 친구들이 하나, 둘 세상을 떠나면서 마음이 허전하고 쓸쓸해지는 것은 나에게도 언제 죽음이 불쑥 찾아올지 모르는 두려움 때문이리라.

어떻게 하면 생의 마지막을 후회스럽지 않게 보낼 것인가 고민을 해본다. '건강하고 즐겁게 살다가 잠자듯이 죽자' 노년을 이렇게 살다 죽는다면 더 바랄 것이 없을 것이다.

살아온 길을 뒤돌아보면 아쉬움이 많이 남는다. 부모님께 더 많은 효도를 할걸, 주위 사람들에게 좀 더 잘해 줄걸, 해야 할 일을 조금 더 열심히 했으면 좋았을걸… 끊임없이 회상해 보지만, 무엇 하나 잘했구나 하는 일이 생각나지 않는다. 그래도 허튼 걸음 걷지 않고 성실하게는 살아왔다고는 생각한다.

그러나 부자로 살고 싶다는 마음보다 적은 돈일지라도 남에게 베풀면서 살려고 노력했던 것은 내 어머니의 삶을 보며 그게 나의 인생관이 되었지 싶었다.

공자는 논어에서 사람이 평생을 살면서 익자삼우(益者三友) 손자삼우(損者三友)를 만난다고 했다. 셀 수도 없이 많은 사람이 내 곁을 스치고 지나갔지만 그들에게 부끄럽지 않고 떳떳한 인간관계였다고 생각한다.

이제 생을 접으면서 손자삼우는 모두 마음속으로 용서를 했지만 누군가에게 상처를 주면 그 상처가 치유되기까지는 긴 시간이 걸린다는 것을 알았다.

그리고 익자삼우는 죽을 때까지 입은 은혜에 보답하기 위해 최선을 다하고 그분이 삶을 접었을 때는 무덤까지 찾아가 뵙는 인연을 이어갔다. 이것이 세상을 살아가면서 누구나 한 번쯤은 경험했을 것이다.

삶은 생로병사의 길이다. 그 길의 끝에 죽음이 있다. 내 생명의 끝이 만약 3년이 남아있다면 어떤 일로 뜻깊게 살다가 이 세상을 하직할까 깊은 생각에 잠긴다.

3년을 하루씩 계산하면 1,095일이다. 짧고도 긴 시간처럼 느껴진다. 남은 시간 동안 인생길에 멋있는 마침표를 찍고 싶다.

첫 번째 하고 싶은 일은 여섯 살배기 손자, 그 녀석과 둘이서만 여행을 떠나고 싶다.

우리나라건 외국이건 단둘이서 생에 기억될 만한 흔적을 남기고 싶은 것이다. 버스도 타고 기차도 타고 배도 타고 비행기도 타면서 둘이서 마음껏 웃고 맛있는 음식도 먹어가면서 즐겁게 하는 여행은 영원히 추억 속에 남아있으리라.

두 번째는 우리 산장의 주변을 멋있게 가꾸는 일이다. 아름다운 꽃도 고루고루 심어 놓고 사계절을 색깔별로 꽃을 피우게 하여 이곳을 찾는 사람들에게 숲의 맑은 공기와 아름다운 경관을 선물하리라!

연못에는 예쁜 금잉어가 헤엄치고 중앙에는 하얀 물줄기가 보기 좋게 떨어지는 폭포를 만들어 일상생활에 찌든 이들의 마음에 여유를 느끼게 하고 싶다.

　세 번째는 좋은 글을 한편 남기고 싶은 마음이다. 모든 사람이 읽고 공감할 수 있는 글, 후대까지 오래오래 남아서 작가를 빛내주고 읽는 이의 가슴속에 깊은 울림을 주는 글이면 만족하리라. 죽음의 문 앞에서 소원이 이루어진다면 지금 죽는다 해도 여한이 없을 것이다.

　사람이 태어나서 한평생을 살면서 행복과 불행이 번갈아 찾아오지만 새옹지마를 생각하며 잘 버텨야 한다. 이렇게 열심히 살아온 것을 다른 사람보다 본인이 더 보람으로 느껴야 할 것이다.

　한 가지 더 바란다면 어렸을 때 꾀복쟁이 친구들과 만나면 옛날얘기를 밤새워 가면서 마음을 활짝 열고 웃으며 즐겨 보고 싶다.

　누구나 죽지 않고 오래오래 살 것처럼 생각하지만 우리네 삶은 한계가 있다. 그 짧은 시간 동안 사람들은 더 많은 것을 가지려고 더 많은 행복을 누리려고 발버둥 친다. 인생, 자기 몫만큼 열심히 살았으면 됐다.

글을 쓸 계획을 세우지 말라. 그냥 써라.
독창적인 문체는 오로지 글을 쓸 때만이 가능하다.

— P. D. 제임스

————

글을 쓰기 전에는 항상 내 앞에 마주 앉은 누군가에게
이야기해 주는 것이라고 상상해라. 그리고 그 사람이
지루해 자리를 뜨지 않도록 설명해라.

— 제임스 페더슨

일상생활의 체험을
느낀 대로 쓰고 전파하는 글

구천을 헤매는 영혼

차가운 바닷바람이 몰아친다. 북풍이 불어오는 겨울, 추위는 봄이 오면 어딘가로 물러가고 아름다운 꽃들이 계절을 장식하며 사람들의 마음을 행복하게 해줄 것이다.

춘설이 내리는 어느 날, 진도의 팽목항을 찾았다. 겨울 바다는 물보라를 거칠게 일으키며 하얀 파도가 되어 밀려오고 있었다. 바다 한가운데서 아스라이 어린 학생들의 살려달라는 울부짖음이 들려오는 것만 같았다. 푸른 물결의 바다가 검은색으로 물들어 버린 그곳을 바라보니 마음이 아득하다.

여기 바다는 섬들이 옹기종기 떠 있고 그 섬들 사이로 드나드는 배들의 그림은 아름답기 그지없다. 이 길은 인천항을 출발해서 제주로 가는 세월호가 다녔던 뱃길이기도 하다.

2014년 4월 16일 나는 태국을 여행하고 있었다. 즐겁게 시간을 보내야 하는데 이날따라 마음이 무겁고 고향 생각이 나곤 했다. 후아힌의 한 식당에서 저녁식사를 하려고 기다리는 중이었다. 정면에 설치된 대형 티브이에서는 태국 국내 뉴스가 방영되고 있었다. 그런데 갑자기 한국의 대형사고 소식이 흘러나왔다.

한국시간 16일 8시 29분 전남 진도 앞바다 조류가 거센 맹골수도에서 여객선 세월호가 서서히 침몰하고 있다는 충격적인 소식이었다.

침몰하는 뱃속에는 안산단원고등학교 학생 325명을 포함해서 476명의 승객을 태우고 인천항을 출발해 제주도를 향해 항해하던 여객선이라고 한다. 가슴이 답답해왔다. 저 일을 어찌하면 좋을꼬! 먼 이국땅에서 발만 동동 구르며 빨리 구조하기를 마음속으로 얼마나 빌었던가! 태어나서 날개를 활짝 펴보지도 못한 어린 학생들을 허무하게 죽게 할 수는 없지 않은가!

하지만 현실은 아무런 도움도 줄 수 없어 오직 심박동만 쿵쾅거릴 뿐이었다.

이때 생각나는 영화의 한 장면이 머릿속에 그려지고 있었다. 1972년 제작된 재난영화, 포세이돈 어드벤처이다. 엄청나게 큰 여객선이 침몰하고 바닥이 하늘을 향해 뒤집힌 상태에서 철판을 용접기로 잘라내고 마지막 생존자를 구출해서 헬리콥터로 이송하면서 영화는 끝이 난다.

세월호가 침몰하는 현장을 티브이로 보면서 이 영화를 생각하는 것은 여객선의 유리창을 깨서라도 한 사람의 어린 생명을 더 많이 구출했으면 하는 바람일 것이다.

여행을 마치고 돌아온 것은 배가 완전히 바닷속으로 침몰한 뒤였다. 그런데 구조결과는 최악인 생태로 끝났다. 침몰 당시 여객선과 함께 죽어야 할 선장은 제일 먼저 탈출하고 선원들도 자기들만 살겠다고 모두 하선했다고 하니, 어린 영령들의 귀한 목숨은 어디서 누구에게 보상받아야 할까?

더 가슴 아픈 일은 해양 경찰이 구조를 위해서 현장에 도착했을 때 "움직이지 말고 가만히 있으라" 하는 방송을 계속하면서 선원들은 자기들만 살겠다고 탈출했다고 하니 기가 막힐 일이다.

물밑으로 서서히 잠기는 뱃속에서 창밖으로 수평선이 보일 때만 해도 삶의 희망이 있었을 텐데 바닷속에 완전히 잠긴 뒤에는 살기 위해 발버둥 쳤을 어린 학생들이 눈앞에서 가물거린다. 시신을 인양해서 확인했을 때 살기 위해서 손톱으로 창문을 긁어 닳아지고 없었다는 신문보도를 보면서 아픈 가슴을 다시 한번 쓸어내려야 했다.

배가 침몰한 후 구조자는 단 한 명도 없었고 모두 시신으로 인양하는 이 세상에서 가장 불행한 사건이 끝이 났다. 2017년 4월 11일 배는 인양했지만 아직도 침몰 원인은 확실하게 규명되지 않고 풀리지 않는 사건으로 남아있다. 어린 학생들은 지금 어딘가에서 눈을 감지 못하고 구천을 헤매고 있을 것 같아 마음이 쓰라려 온다.

세월호 침몰 사건이 일어난 지 10년이 지난 2024년 2월 추모관이 있는 진도 팽목항에서 침몰 당시를 회상하며 당연히 어린 영령들이 조금이나마 편히 쉴 수 있는 공간이 만들어졌을 거라 생각했다.

바다는 그때나 지금이나 변함이 없다. 304명의 생명을 삼켜 버린 바다 밑에는 영혼들이 떠나지 못하고 잠들어 있을 텐데 아무 일 없었던 것처럼 지금도 하얀 포말을 일으키며 평온하다.

추모관은 너무 초라했다. 포장도 안 된 주차장은 넓었지만 컨테이너를 아직까지 추모관으로 쓰다니, 또 가슴이 꽉 막혀 한숨만 나왔다. 내 마음이 이런데 자식 잃은 부모 마음은 오죽할까? 허름한 벽에 걸려 있는 희생자들의 사진 속 얼굴들,

그리고 영원히 좋은 곳에서 영면하기를 비는 국민들이 적어 놓은 노란 리본만이 수없이 걸려 있었다.

입구에 놓여 있는 방명록에는 어린 생명들이 내 새에는 행복하게 살아가기를 바라는 마음을 기록해 놓았다. 나도 한 줄 적어 그들의 넋을 위로했다.

'그날의 아픔을 영원히 잊지 않기를.'

돌아오는 길에 발걸음은 너무 무거웠다. 추모관이라도 304명의 목숨값만큼 정성 들여 지어 놓았더라면 유족들의 슬픔을 달랠 수 있었을 텐데 너절한 컨테이너 안에 갇혀 있는 영혼들이 너무나 안타까웠다.

가을에 오는 손님

시월이 되면서 비가 자주 내리는 것은 가을이 찾아오기 때문이다. 날씨가 으스스 추워지면서 활엽수는 색깔이 다른 옷으로 갈아입는다. 도시의 도로 위에는 가로수 종류에 따라 색상이 다른 낙엽들이 바람에 이리저리 굴러다니다가 한쪽 구석에 수북이 쌓여있지만, 사람들에겐 반갑지 않은 손님이 된다.

가을이 깊어가면 거리마다 낙엽 구르는 소리에 마음이 울적해지고 차분해지곤 한다.

보는 이는 없건만 산속 깊은 곳에도 활엽수잎들이 단풍이 들어 화려한 색상을 자랑하다가 때가 되면 산골짜기 여기저기로 흩날린다.

낙엽은 외로운 존재다. 나무에 붙어 있을 때는 함께 있어 외롭지 않았을 텐데 가을이 되어 나뭇잎 하나하나가 제 갈 길로 가는 것을 보면서 어쩌면 우리네 살아가는 모습과 똑

같을까! 모든 생명은 어우러져 살 때는 함께인 것 같아도, 가는 길은 시간도 가는 곳도 모두 다르다.

그들은 다음 해 봄이 되면 자기를 키워준 나무에 새로운 이파리들이 돋아날 수 있도록 몸을 던져 밑거름이 된다.

바람에 굴러다니면서 스르륵 스르륵 미세한 소리는 고요한 자연의 소리요 심연에서 들리는 내 마음의 소리다.

마당 옆으로 100년은 살았을 것 같은 당산나무 한 그루가 서 있다. 덩치가 큰 산처럼 웅장하다. 그렇게 오래된 나무도 가을이 오면 낙엽을 떨구고 벌거숭이가 된다. 그 많은 세월을 해마다 봄이면 이파리를 틔우고 한여름을 무성하게 보내다가 가을이 되면 계절의 뜻을 거스르지 못하고 자기 몸에 찰싹 붙어 있는 옷을 어김없이 벗어 버린다.

올해도 초가을 바람에 낙엽을 한 잎, 두 잎 처량하게 떨구어 버리더니 겨울 세찬 북풍에 나무에서 떨어지지 않으려고 발버둥 치다가 끝내는 우수수 날려 보낸다. 공중에서 바람에 이리저리 흩날리며 사각사각 미세하게 들리는 소리가 애처롭다.

겨울철 북쪽으로 떼 지어 날아가는 철새들처럼 인간도 낙엽 되어 어딘가로 떨어져 다시는 오지 못한다고 생각하면

쓸쓸하고 외로워진다.

산장 마당에도 엄청난 낙엽들이 쌓여 있다.

노랗게 변해버린 잔디 위로 떨어져 볼품없이 쌓여 있지만 불에 태워 없애야 하는데 가을엔 산불에 취약하기 때문에 태우는 것도 쉽지 않다.

보기에는 심란하지만 그대로 두고 자연의 순리에 맞추어 살아가는 것이 낙엽이나 사람이나 똑같은 운명을 타고났기에 동질감을 느끼며 위안을 받기도 한다.

가을바람에 흔들리는 나뭇잎처럼 사람의 마음도 바람에 따라 흔들리지만, 결국 본질적인 것은 자신이 걸어온 길만큼 남기고 간다는 것이다.

반려견

사람은 흙을 밟고 살면서 흙으로부터 발산되는 생명의 에너지를 받아야 건강한 삶을 유지할 수 있다. 흙은 인간의 육체를 자연 치유할 수 있는 능력이 있다고 믿기 때문이다. 그러나 현대의 사람들은 주거 환경이 콘크리트와 밀폐된 공간 속에서, 모든 질병의 근원을 안고 살아갈 수밖에 없다.

건강한 삶을 살기 위해서 깊은 산속 공기 맑은 깨끗한 곳에 조그마한 산장을 짓고 외롭지만 꿋꿋하게 하루를 보낸다. 사람들의 발길이 뜸한 이곳 산장의 봄은 야생화들이 아름답게 피어나고 산새들이 청량한 목소리로 노래를 한다.

여름이 되면 나뭇잎들은 진녹색으로 옷을 갈아입고 날개를 펼치다가 가을이 되면 단풍이 곱게 물들고 서서히 낙엽이 되어 떨어진다. 아주 자연스러운 현상을 보면서 쓸쓸함을 함께 느낀다. 하얀 눈이 펑펑 쏟아지는 겨울에는 외로움을 눈 속에 묻어두어야 한다.

이곳 산장에도 계절이 가을로 바뀌면서 아침에 나타나는 물안개가 연기처럼 산골짜기를 타고 밀려 들어와 몽환적인 아침을 맞는다.

산장 마당에 수북하게 쌓인 낙엽을 보고 인생의 가을을 느끼지만, 씨알 굵은 사과며 대봉시를 보며 풍성함도 맛본다.

마음은 아직도 청춘인데, 벌써 가을이 내 곁에 찾아왔는가 생각하면 세월은 참 빠르기도 하다. 일 년 전 내 삶의 동반자 노을이 녀석을 집에 들이고 매일 아침저녁으로 먹이를 주면서 내 인생의 끝자락에 그 녀석과의 만남을 고마워했다. 노을이는 나를 무척 좋아한다. 밥그릇에 먹이를 담아 줄 때면 등에 올라타고 주인의 몸을 애무하는가 하면 부드러운 혀로 내 얼굴을 마사지해 준다.

이럴 땐 노을이 덕분에 나는 어린아이가 되어 예쁜 그 녀석을 붙들고 잔디 위를 굴러본다. 아주 어릴 적 초등학교 시절, 누런 개를 친구로 둔 적이 있었다. 바람에 보리 이삭이 파도처럼 물결치는 그곳에서 보듬고 뒹굴고 장난치며 깊은 정을 주고받았는데 어느 날 개장수들이 누렁이를 붙잡아 목을 매달아 죽일 때 붉은 혀를 빼물고 발버둥 치는 녀석을 보면서 어린 마음에 얼마나 놀라고 많은 상처를 받았는지 지금도 기억 속에 생생히 남아있다.

다시는 개에게 정을 주지 말자고 몇 번이나 다짐했던가!

그런데 그 기억을 잊어버린 체 예쁜 개를 데려온 것은 외로움 때문이리라! 내 곁을 찾아온 그 녀석은 석양에 해가 서쪽으로 넘어가면 붉은 노을을 보고 짖어댄다. 하늘에 먹구름이 밀려와도 꼬리를 흔들면서 날뛰는 모습이 늙은 몸과 마음을 즐겁게 한다.

노을이 녀석은 주인을 귀찮게 할 때도 많이 있다. 한밤중 시커먼 숲을 보며 쉬지 않고 짖어댄다. 무엇을 보았는지 그렇게 목청이 터져라 짖어대는 것일까? 숲속에는 멧돼지, 고라니 등 산짐승이 활개를 치고 다니는데 그 녀석 눈에는 침입자로 보이는지 밤을 새워가며 짖는 모습이 애처롭다. 밤새워 짖어대는 노을이 때문에 잠을 한숨도 이루지 못할 때가 있다.

동물에게도 사람과 똑같이 정을 주면 헤어 나오지 못하는 습성이 존재한다는데, 꼬리에 정을 듬뿍 담아 흔들어 대며 사랑을 몸짓으로 표현하는 노을이에게 내 마음을 전해본다. 사랑한다고!

반려견

인간의 평생 동반자/ 반려견
우리들이 사랑해야 할/ 친구라네

즐거우면 올라타고/ 화나면 짖어대고
예쁘면 같이 뒹굴고/ 먹이를 주면 고맙다고
끙끙 핥다 대며/ 좋아하네

친구야/ 우리 한 가족처럼
더불어 평생 웃으며/ 행복하게 살자

　오늘도 노란 털을 뒤집어쓰고 통통하게 살이 찐 사랑스런 노을이가 내 곁에 오래오래 남아있기를 바라면서 하루를 즐겁고 행복한 마음으로 보낸다.

　내 삶의 반려견! 이승에서 맺었던 정을 놓지 말고 멀고 먼 훗날까지 영원했으면 좋으련만….

　날마다 석양 노을이 붉게 물들면 태양은 어딘가로 숨어 버리고 내 인생도 뭉게구름 속 어딘가로 흘러가겠지!

정을 남긴 인연

인간이 태어나면 수많은 사람과 만나고 헤어진다. 인성이 좋은 사람은 '저 사람 참 괜찮다고 칭찬을 아끼지 않는다' 그러나 본성이 이기적이고 자신밖에 모르는 사람들은 주변에서 가까이하지 않으려 한다. 이렇게 다양한 사람들이 인연을 맺고 또 헤어지면서 정을 나누며 살아가고 있다.

2020년에 발표한 '시절 인연'이라는 노래가 히트하면서 사람들의 입에서 입으로 널리 불리고 있다. 노랫말이 울림으로 가슴에 와닿는다.

'가는 인연 잡지 말고 오는 인연 막지 마세요'

시절 인연에 나오는 가사의 일부다. 인연이란 참으로 이상하다. 사람이 만나고 헤어지는 것이 정해진 운명에 따라 이루어진다는 느낌이 들기 때문이다.

나에게도 인연의 끈을 놓지 않고 계속 이어가는 귀한 분이 계신다. 문인단체의 이사장 선거에서 자기 자신을 알리는 홍보 문자가 핸드폰에 찍힐 때부터 인연은 시작되었다. 암튼 그분에게 한 표를 던져 당선된 다음에 고맙다는 문자를 받고 꼭 한번 뵙고 싶었다.

몇 번 오가는 문자에서 따뜻함이 느껴져 교분을 쌓고 싶다는 생각이 들었다.

취임식이 끝난 다음 문학단체 직원과 연락이 되어 직접 상면할 수 있는 시간을 가질 수 있었다. 사무실에서 차를 대접받고 역대 이사장님들의 사진을 보고 자세하게 설명을 하면서 임기 동안 맡은 바 책무를 열심히 하겠다는 말씀도 부드러운 어조로 이야기하셨다.

첫 만남은 그렇게 끝이 났다. 임기 4년 이사장님과 가끔 문자로 안부를 전하면서 인연은 이어졌다 간단한 문자 속에 사람이 사람에게 줄 수 있는 변함없는 마음이라는 것을 알기까지는 많은 시간이 흘러갔다.

세월이 유수라 했던가! 임기가 끝나기 열흘 전쯤 그분의 사무실을 다시 찾았다.

이번에는 점심이라도 같이하려고 광주에서 새벽에 길을 나섰다. 인근에 복탕을 잘 끓이는 식당이 있다고 해서 몇 안되는 직원들과 함께 그곳을 찾았다. 맛있는 음식 냄새가 코끝을 자극했다. 기분 좋은 식사 시간이었다.

그동안 우리나라를 대표하는 월간지를 빈틈없이 편집해서 발간해주신 이사장님과 직원들에게 감사의 말도 전했다.

사실 매달 발간되는 월간지는 나에게는 잊지 못할 사연이 있었다. 그러니까 68년도에 문학잡지로는 《현대문학》이 매월 발간되던 시절이었다.

글을 읽는 것에 취미가 있던 시기에 또 하나의 문학지 창간호가 발간된 것이다. 그 문학지를 매월 구입해서 읽고 30호까지 보존했었는데 직장을 이곳저곳으로 옮겨 다니면서 내가 아끼고 사랑했던 책들은 온데간데없이 사라져버렸다. 얼마나 실망이 크고 허전하던지 며칠을 잠을 못 잤다.

그렇게 사랑했던 문학지에 60년이 지난 후 내가 쓴 '애증의 세월'이 졸작이지만 실렸다는 것 또한 감사할 일이다.

점심을 마친 뒤 사무실에서 차를 마시며 이런저런 이야기를 많이 나누었다. 헤어져야 할 시간, 사무실 직원들에게 잘 계시라는 인사말을 남기고 나오는데 이사장님께서 사무실 문을 손수 열어주시고 엘리베이터를 같이 타고 건물 밖까지 동행하면서 잘 가라고 하신다. 이제 그만 사무실로 들어가셨으면 했는데 대로변까지 나오셨다.

손을 흔들며 바라보던 모습이 오랫동안 뇌리에 남아 잊혀지지 않았다. 일상에서 만나는 대부분의 사람들은 사무실 내에서 또는 엘리베이터 앞에서 작별하는 게 보통인데 이분께서 보여주신 그날의 모습은 내겐 많은 생각을 하게 하는 특별함이 있었다. 마음을 열지 않으면 할 수 없는 일이다.

명심보감에 이르기를 유인정(留人情)이면 후래호상견(後來好相見)이라 했다. 모든 일에 인자하고 따뜻한 정을 남겨두면 뒷날 서로 좋은 낯으로 보게 된다는 뜻이다.

4년 전 인연을 맺고 가슴 한편에 자리 잡고 있던 귀하신 분이 이름 없는 지역 문인 한 사람을 향해서 저토록 정을 주신 모습이 내 마음속에 언제나 환영으로 남아있다.

정 많은 분이 항상 건강했으면 하는 마음으로 오늘도 시절 인연의 노랫말을 흥얼거리면서 행복하게 살아가시도록 마음속으로 빌어본다.

진부령 고갯길

　여행은 항상 즐겁다. 마음이 내키는 대로 훌쩍 떠나 여기저기 돌아다니면서 인생을 즐긴다.

　우리나라 여러 곳을 두루두루 다녀 보았지만, 강원도만큼 풍광이 아름다운 곳을 보지 못했다. 그래서 송강 정철 선생은 관동 팔경이라 했던가!

　강원도의 시원한 바닷바람이 그리워진다면 휴전선에서 가까운 고성이나 설악산을 끼고 있는 속초, 그리고 강릉을 찾아야 한다. 이 아름다운 도시들을 찾아가려면 백두대간을 넘어야 하는데 진부령, 미시령, 한계령, 대관령 4개의 길 중 하나를 선택해 고개를 넘어야 목적지에 도착할 수 있다.

　대관령은 강릉과 평창 사이에 있는 고개로 서울과 영동지방을 잇는 관문이며 길이 험하여 구십구 곡이라 한다. 높이가 832미터이지만 지금은 영동고속도로가 개설되면서 터널로 이어져 그 옛날 고갯길은 차량 통행이 드문드문해졌다.

한계령은 양양과 인제 사이에 있는 고개이며 높이가 1,004미터로 산맥을 넘는 고갯길 중 제일 높고, 구불구불하며 경사가 급해 위험한 길이지만 춘천과 양양 간 고속도로가 생기면서 우리나라에서 가장 긴 터널이 만들어져 생활에 활력을 주고 있다.

미시령은 인재와 고성 사이의 고개로 높이가 826미터이고 대관령과 높이가 비슷하다. 속초시의 관문 역할을 했던 길이지만 터널 개통으로 자동차의 통행이 적은 곳이다.

진부령은 미시령과 같은 행정구역을 통과하는 도로이며 높이가 520미터로 산을 넘어 강원도로 들어가는 고개 중 제일 낮고 경사가 완만한 편이다.

80년대 초 이 길을 따라 고성의 통일전망대를 방문한 적이 있었지만 지금과는 느낌이 확 달랐다.

오가는 차가 많지 않아 여유를 즐기며 고개를 넘을 수 있었다. 강원도 사람들이야 수시로 넘어 다닐 수 있지만 멀리 떨어져 있는 전라도 사람들은 이 고갯길들을 자주 갈 수는 없다.

어쩌다 강원도 여행이라도 가게 되면 이때 고갯길을 넘어 관동 팔경을 볼 수 있어 여행의 참맛을 느낄 수 있기 때문이다. 백두대간을 넘어가는 네 고개는 모두가 한 번은 넘고 싶은 길이다.

그중에서 나는 진부령 고갯길을 제일 좋아했었다.

1974년 조미미가 불렀던 '진부령 아가씨'

그 시절 이 노래를 불러가면서 고개를 넘었던 추억이 아스라이 생각난다.

나는 이 노랫말을 좋아하기도 하지만 마음에 와닿아서 더욱 좋다.

'진부령 고갯길에 산새가 슬피 울면
길을 가던 나그네도 걸음을 멈추는데
구비마다 돌아가며 사연을 두고
말없이 떠나가는 야속한 임아
아~ 아~ 아~ 울지마라 진부령 아가씨야'

노랫말의 의미를 마음속에 새기며 진부령 고갯길에서 산새의 슬픈 울음소리를 기대했었고 노래를 들으면서 승용차를 타고 진부령 꼭대기에서 백두대간의 아름다움을 즐겼었다.

산맥을 넘어 강원도 땅으로 들어가는 고갯길 중 가장 북쪽에 위치하면서 해발 높이가 낮은 고개가 진부령이다. 창문을 활짝 열어 숲 향기를 맡으며 고갯길을 내려오면 벼농사를 짓는 들판을 지나고 밭에는 작물들이 풍성하게 자라는 농촌 풍경이 펼쳐진다.

마음을 훈훈하게 해주는 시골 마을이 나타나고 조금만 가면 바닷가에 닿는다. 비릿한 바다 내음이 코를 자극한다.

이 길을 타고 계속해서 북쪽으로 올라가면 휴전선 안에 지어진 통일전망대에 도착한다. 그곳에서는 시야가 툭 터져 북쪽을 바라볼 수 있다. 전망대에 설치된 망원경으로 보면 바로 눈앞에, 손에 닿을 듯한 금강산도 관망할 수 있다.

전망대 밑으로 조금만 내려가면 바닷가 백사장이 길게 펼쳐져 있고 그 끝에 해금강이 아스라이 보인다.

남과 북이 사이가 좋았던 시절, 계절마다 아름다운 이름을 붙였던 봄의 금강산, 여름의 봉래산, 가을의 풍악산, 겨울의 개골산을 네 번씩이나 찾았던 아름다운 명산이 아니던가!

지금은 갈 수 없는 땅, 언제쯤 통일된 조국에서 평화롭게 남북을 오가며 즐겁게 살날이 올 것인지 요원하기만 했다.

그때의 추억을 회상하면서 2024년 가을, 그 고갯길을 다시 찾았다. 그러나 그 시절과 현재 상황은 너무 달랐다.

진부령 휴게소는 그 당시 구불구불한 길을 따라 내려와 휴게소에서 간식도 먹고 음료수를 마시면서 잠시 쉬어가는 재미가 있었는데, 지금은 그 낭만이 어딘가로 사라지고 건물은 폐쇄되어 귀신이라도 나올 법하게 폐가가 되어 있었다. 세월은 모든 것을 변하게 하는 힘이 있는지도 모른다. 차량 통행이 적어지면서 주유소나 식당은 문을 닫은 곳이 많았다.

　오가는 차량도 뜸했다. 왜 이렇게 되었을까? 서울―양양 간 고속도로가 개설되고 인재를 거쳐 속초까지 4차선 도로가 확장되면서 진부령의 차량 통행이 급격히 줄어든 것 같았지만 이 고갯길은 '진부령 아가씨'라는 노래와 함께 영원히 남으리라 믿는다.

마음속의 낙원

사람들이 아무런 괴로움이나 고통 없이 안락하고 즐겁게 살 수 있는 곳이 있다면 얼마나 좋을까! 이런 곳이 곧 마음의 낙원일 것이다. 땅 위에 살면서 허황된 꿈을 꾸는 것은 욕심일까? 사람들은 그런 낙원을 찾아 끊임없이 방황한다.

승용차로 한참을 달리니까 멀리 숲속에 가르마처럼 난 길이 희미하게 보인다. 숲길로 접어들었다. 아침 물안개가 바람 따라 산등성이로 올라간다. 무희들이 날개옷을 나풀거리며 춤을 추는 형상을 한다. 마치 현실이 아닌 꿈속에서 낙원을 찾아 헤매는 환각에 빠져드는 것 같다.

숲길을 빠져나오자 오른쪽으로 콘크리트로 잘 포장된 가파른 언덕길이 나타났다. 이 길을 타고 오르면 낙원으로 가게 될까?

녹색 철문이 나타나고 산장표지석이 서 있다. 이곳은 내가 오랜 시간과 정성을 들여 가꾸어 놓은 나만의 지상낙원이 있는 곳이다. 길 한쪽으로 집사들이 사열하듯 정원등이 줄지어 서 있다. 해가 저물면 하얗게 불을 밝히고 낙원에 온 손님들을 환영해 준다. 언덕을 조금 더 오르면 돌사자가 양쪽에 버티고 서서 손님들을 반긴다.

한 걸음 더 오르면 길 왼편으로 40년생 붉은 영산홍들이 화사하게 피어 산장의 품위를 한층 드높이고 있다. 길 오른편으로는 하얀 꽃을 피우는 꽃사과나무들이 수줍은 듯 서 있고 그 옆 밭에는 100여 그루의 사과나무가 가을이 되면 주렁주렁 열매를 매달고 풍성함을 자랑하면서 이곳을 방문하는 사람들에게 직접 과일을 따서 먹을 수 있는 기회를 제공할 것이다.

낙원으로 오르는 길은 즐겁고 행복한 순간들이다. 고개를 들어 숲속을 바라본다. 산비탈에 편백나무가 가득 들어서 있다. 숲 향이 코끝을 자극한다. 그 향이 몸속의 노폐물을 모조리 녹여서 몸 밖으로 내보낼 것 같은 느낌이 들게 한다.

조금 더 올라가면 길 언덕에 하얀, 빨강, 보라색의 수국들이 나타난다. 토양에 따라 꽃의 색깔이 변하는 희귀한 꽃으로 변덕이 심하지만 진실한 사랑을 둥근 꽃봉오리로 표현하는 것 같다. 결혼식에 신부 부케로 많이 애용하는 사랑스런

꽃이기도 하다.

　몇 발짝 더 오르면 백 년쯤 살았음 직한 당산나무가 덩치가 큰 곰처럼 서 있다. 마을을 지켜주는 수호신이라고 믿는 옛날 사람들은 나무 밑에 제단을 만들어 놓고 안녕과 건강을 빌었다고 한다. 그 나무 밑으로 인자한 얼굴을 하고 아래 세상을 내려다보고 있는 약사여래 부처님이 앉아 계신다.
　재앙을 막아 인류를 잘 살 수 있도록 구원한다는 영생불멸의 그분, 잘생긴 얼굴에 살짝 미소를 띠고 있다.
　누군가에게 의지하고 싶은 약한 사람들은 돌로 새겨진 부처지만 소원을 빌면서 행복한 마음이 생길 것이다. 그 옆으로 홍매화 한 그루가 약사여래 부처님을 보좌하고 서 있다. 눈이 부시도록 빨간 옷을 걸쳐 입고 방문객들에게 아름다움을 자랑한다.
　해마다 아직 눈이 녹지 않는 초봄에는 꽃망울을 부라리며 세상을 예쁘게 장식해 주는 홍매화, 그 나무 아래 새까만 돌에 시 한 수가 새겨져 있다.

터질 듯 부풀어 오른/ 홍매화 꽃망울

곧 봄이 오려나/ 훈풍이 불어오네

아직 나뭇가지에는/ 설화가 피어 있는데

누구의 마음을/ 슬그머니 훔치려고

눈 가늘게 뜨고/ 곁눈질을 하는가

홍매화 나무 밑으로 작은 연못이 있고 하얀 수련꽃이 예쁘게 피는데 뜨거운 여름 동안 내내 아침에 피었다가 해가 질 때쯤 꽃잎을 오므린다. 그리고 다음 날 해가 뜨면 꽃을 다시 피운다. 앙증맞고 예쁜 꽃이다. 홍매화의 아름다운 꽃의 그림이 물속에 비추면 하얀 연꽃과 어우러져 연못은 더욱 빛이 난다.

연못 위로 장수의 상징인 돌거북이 두 마리가 금방 물속으로 뛰어들 것 같은 모습으로 앉아서 산장을 방문하는 사람들에게 건강과 행운을 빌어준다.

물안개가 연못을 덮치는 날에는 하얀 수련은 잠에서 깨어난 듯 하품을 하는 것 같다. 당신의 사랑을 알 수 없어 정을 드릴 수 없다고 얇은 미소를 띠고 조롱하듯이.

거기에서 몇 발짝 들어가면 산장이 나타난다. 푸른 잔디가 잘 가꾸어진 마당에 본채가 있고 맞은편엔 서재가 있다. 그 사이에 소금벽돌로 지어진 찜질방이 자리하고 있다. 누구나 여기에 와서 글도 쓰고 지루하다 싶으면 찜질로 땀을 빼고 피로를 씻어 낼 수도 있다.

이곳은 낙원 중에서도 마음속의 천국이다. 여름철에는 물안개가 골짜기를 따라 실타래가 풀어지듯이 미끄러져 올라와서 한줄기는 골짜기를 향하고 한줄기는 너울거리면서 산등성이를 넘어간다.

겨울에는 찜질방을 뜨겁게 달구어 놓고 몸속에 쌓인 피로를 풀고 있을 때 하얀 눈송이들이 거센 북풍에 밀려 춤을 추듯이 펄럭이면 푸른 숲에 눈 내리는 풍광이 또 한 번 천국이라는 착각에 빠지게 한다.

산장지기는 마음이 넉넉하여 이곳 낙원을 찾는 사람들에게 모든 시설을 즐겁게 사용할 수 있도록 배려한다. 산장을 뒤로하고 조금 더 오르면 백 년쯤 된 홍송들이 가득 차 있다. 산속에 빽빽이 들어서 있는 소나무들, 한겨울에 함박눈이라도 오는 날이면 이곳저곳에서 '뿌지직' 가지 부러지는 소리가 요란하다. 긴 세월을 살아온 소나무들이 가벼운 깃털 같은 눈의 무게를 이기지 못하고 자기의 팔, 다리를 땅 위에 떨어뜨리는 것을 보면 부드러움이 강한 것을 이긴다는 말을 실감하게 한다.

그 홍송들이 일 년 내내 푸른 잎을 자랑하며 숲속을 지킨다. 평화로운 마음과 삶의 안정을 느끼게 하는 것 같아 마음까지 너그러워진다.

숲길 옆으로 자그마한 언덕배기가 있고 그곳에는 들국화와 이름 모를 야생화들이 흐드러지게 피어 있다. 그 꽃들이 풍기는 향기가 정신적 정서적으로 안정을 찾게 한다.

야생화들 사이로 작은 돌비석 하나가 서 있다. 산장지기는 깊은 산속에서 유유자적하면서 자연을 벗 삼아 시를 읊는 이름 모를 시인인가? 이곳에 오면 누구나 시인이 될 수 있을 것만 같다.

낙엽 떨어지는/ 어느 가을날

가슴속을/ 가득 메운/ 슬픔이

안개처럼/ 늙은 육신을/ 휘감아

정신이/ 가물가물/ 해진다

나 죽으면/ 한 송이/ 야생화되어

산속/ 여기저기에/ 피어나리라

아름다운 꽃/ 짙은/ 향내음으로

야생화의 짙은 향기를 맡으며 몇 걸음 올라가면 불두화 단지가 나타난다. 부처님 머리처럼 생겼다고 해서 붙여진 이름이다. 은혜를 베풀고 살아야 하는 중생들에게 무엇인가 가르침을 주고자 하얀 꽃봉오리를 활짝 피우고 사람들을 반겨 주는 것일까? 산등성이를 향해서 계속 올라가면 백두대간의 여러 줄기 중 하나인 호남정맥 명지산 구간에 다다른다. 수많은 등산 애호가가 오르내렸을 등산길, 사계절 중 가을을 사랑하는 사람들이 가장 많이 찾는 곳이다.

숲속에서 등산길을 벗어나면 좁은 오솔길로 접어든다. 편백 향이 코를 찌른다. 나무들이 자신을 스스로 보호하기 위해 내뿜는 피톤치드 향, 인간에게는 스트레스를 완화해 주고 숲의 시원함으로 심리적 안정을 찾는다. 몇 발짝 앞에서 귀엽고 앙증맞은 고라니가 살짝 뒤를 돌아보더니 천천히 숲속으로 사라지는 모습도 흔한 풍광이다. 겨울철에 눈 속에 먹이를 찾아 내려오는 짐승들을 보면 안쓰럽고 애처롭다.

오솔길을 한참 걸어 내려오면 다시 홍송들을 만난다. 숲에는 생명이 있고 그 자체가 생명인 것 같다. 호젓한 숲길에 생뚱맞은 시비 하나가 덩그렇게 버티고 서 있어 등산객들이 잠깐 발길을 멈추고 쉬어가라고 손짓하는 것만 같다.

아침 햇살이/ 나무 사이로/ 쏟아져 들어오는/ 명지산 숲길
고라니가/ 이리저리 뛰어놀고
바람은/ 눈썹을 가르며/ 숲길을 빠져나간다
물안개가/ 연기처럼 밀려오면
호남정맥/ 등산길엔/ 행복한 웃음/ 그 세월도 흘러간다

이제 삶의 현장으로 되돌아가야 한다. 낙원에서 출발해서 구조가 복잡한 인간 세상으로 뛰어들어 고통 속에서 즐겁게 살아갈 수 있는 길을 찾아야 한다. 꽃들과 연못의 수련을 보면서 꿈속에서 빠져나와 현실을 바라보는 것도 어쩌면 아름다운 회상이 되리라 믿는다. 등 뒤로 펼쳐지는 숲과 산장, 맑은 공기와 깨끗한 지하수가 있는 아름다운 숲, 그 속에 빠져들었던 시간들이 너무 행복했었다.

이제 신선들이 사는 낙원을 떠나서 지상으로 내려온 느낌이 든다. 산장 문을 빠져나오는데 계곡으로부터 하얀 물안개가 밀려왔다. 잘 가라고 환송 인사를 하는 것처럼, 그러나 꿈은 꿈으로 끝나야 한다. 꿈을 실현할 수는 없기 때문이다. 안식과 평화를 선물했던 숲속 낙원을 뒤로 하고 공동체의 사회에서 새로운 삶을 시작하련다.

사별(死別)

사람과 사람 사이뿐만 아니라 동물과도 깊은 정을 주고받을 수 있을까! 아주 어릴 적 초등학교 시절 사랑스러운 개를 키우면서 이미 그것을 알았지만, 그 반려견과 사별하면서 얼마나 고통스러워했던가! 지금 생각해 보면 그 슬픔을 잊기까지 많은 시간이 흘렀다.

추억 속의 반려견은 내 마음속 어딘가에 자리 잡고 떠날 줄 몰랐는데 팔십이 지난 나이에 또 개를 옆에 두고 키워야 할 상황이 된 것이다.

잘 알고 지내는 지인이 산속에서 너무 외롭게 지낸다면서 예쁜 강아지를 가져온 것이다. 그날부터 새벽에 일어나 먹이를 주고 물그릇에 물 한 바가지를 떠주면 꼬리를 살랑살랑 흔들면서 좋아하는 모습에 온갖 정을 주었다.

그렇게 사랑스러웠던 노을이가 어느 날 갑자기 시름시름

아프기 시작했다. 몸을 움직이는 것조차 힘이 들었는지 일어나지 못하고 누워서 꼬리만 흔든다. 멍한 눈빛에서 슬픈 감정이 배어난다. 마음이 몹시 아팠다. 몸은 아파도 주인에게 반가움을 표현하는 노을이는 꼬리를 흔드는 것조차 힘들어 보였다.

지금까지 녀석을 살려내기 위해 동물병원을 얼마나 드나들었는지 노을이는 알고 있을까!

노을이와 가끔 마음속으로 이러한 대화를 나눈다. 하루에도 몇 번씩 만나면 흔들어 대던 꼬리를 보면서

'노을아, 알고 있니 너를 얼마나 사랑하는지.'

'알고 있어요. 죽는다 해도 잊지 못할 거예요.'

인간과 동물이 언어는 통하지 않지만 속 깊은 정을 주고받는 것은 숲속에서 살아가는 모든 생명체에겐 자연스러운 현상일 것이다.

그렇게 정을 주었던 노을이가 어느 날 아침밥을 주려고 갔더니 몸을 움직이지 않았다. 아픔으로 고생만 하다가 미련만 남겨두고 떠난 것이다. 갑자기 눈앞이 캄캄해 왔다. 어쩌다가 3년 남짓 짧은 생을 마쳤을까! 그 애와 더불어 즐겁던 산장 생활이 주마등처럼 흘러간다.

녀석이 살아있을 때 산책하며 재롱부리던 생각이 하나하

나 떠올랐다. 주인보다 항상 몇 발짝 앞서가면서 연약한 늙은이를 보호해 주려고 최선을 다하던 노을이의 정겨운 행동들….

밤이면 산장을 지키기 위해 산짐승들이 숲속에서 어슬렁거리면 산골짜기가 쩌렁쩌렁 목청 높이 짖어대며 그들이 접근하지 못하도록 경계하다가 산에서 내려온 멧돼지에게 물려서 귀가 찢어져 피가 흐르고 콧등에 예리한 이빨 자국이 있을 정도로 깊은 상처를 입었지만, 주인이 나타나면 반가워 꼬리를 흔들면서 좋아하던 노을이의 모습이 눈앞에 어른거린다.

항상 목줄에 매달려 살아야 했던 노을이,

"주인님, 제발 목줄 좀 풀어주세요. 멧돼지와 싸우려면 이렇게 묶어 놓으면 이곳저곳 물려 상처투성이가 되니까요."

"노을아, 너를 사랑하지만 그렇게 할 수는 없단다. 풀어놓으면 창문 아래서 밤새껏 짖어 주인은 한잠도 잘 수가 없으니까!"

이렇게 대화를 나누면서 살아왔던 노을이가 아니던가! 그렇게 영원히 잊을 수 없는 추억 속의 아픔만이 마음을 울린다. 앞으로 어쩌면 좋으냐! 외로울 때 서로를 의지했는데 혼자 홀쩍 떠나 버리다니 녀석이 원망스러웠다.

우리가 함께 살다가 이 세상을 떠났으면 좋았을걸.

사별이란 마음과 몸과 외로움까지 모두 끝나는 것이다.

절망의 끝이 사별이 아니던가! 다시는 돌아올 수 없는 길을 떠난 녀석이 불쌍하기도 하지만 원망스러웠다. 그러나 죽음은 인간이나 동물이나 어쩔 수 없는 자기 몫이다.

노을이를 산속 소나무 밑에 땅을 깊이 파고 묻어주었다. 자연으로 돌아가도록 하는 것이 주인이 할 수 있는 마지막 사랑이라고 생각되었다.

"노을아, 하늘나라에서 편히 쉬렴. 인연이 있으면 또 만나겠지."

허탈한 마음으로 며칠 밤을 새웠다. 꿈속에서라도 다시 만날 수 있기를 기대하면서….

그러나 꿈은 현실이 아니다. 다시 볼 수 없는 노을이를 생각하며 늙은 산장지기는 하염없이 녀석과 보냈던 즐거웠던 시간들을 그리워한다.

환상의 길

안개가 자욱하게 낀 산티아고 순례길, 직접 걸어보고 싶은 길이지만 늙은 육신은 그것을 허락하지 않는다.

순례길이 TV 화면에 나타난다. 그 속으로 내 영혼이 들어가 지팡이에 육신을 의지한 채 순례자들과 함께 길을 걷는다.

이곳은 세상에서 가장 아름답고 성스러운 800km의 프랑스 길이다. 앞으로 40일간 계속 걸어야 하는 길이고 육체적으로 힘겨운 걷기이지만 마음속에 희망이 샘솟듯 힘이 느껴진다. 시작이 반이라고 했던가! 첫걸음을 뗐으니 반쯤은 걸었을까? 그러나 이제 고행이 시작된 것 같다.

프랑스 길은 생장피에드포르에서 출발해 부르고스와 몰리나세카, 그리고 오 세브레이로 거쳐 산티아고 데 콤포스텔라에서 여정을 마치는 길이다.

이 길은 순례자들의 70%가 선택하고 가장 인기가 많은 코스라고 한다. 먼 길을 걸으면서 들판도 지나고 산길도 걷다가 사람들이 모여 사는 부락을 만나기도 한다. 중간지점인 부르고스에서는 맛도 좋고 식감도 뛰어난 모르시아 소시지를 먹고 즐거운 여행을 만끽해 본다.

복음을 전하다가 순교한 성인 야고보가 걸었던 길, 그가 입었던 옷에 조가비가 덕지덕지 붙었다고 해서 조가비를 행운의 상징처럼 여기고 있다.

쭈~욱 뻗은 먼지 나는 흙길, 그 길을 걷다 만나는 곳이 알베르게라는 숙소이다. 아주 저렴하게 하룻밤을 묵을 수 있지만 두 번은 자고 갈 수 없는 시설이며 순례길을 오랫동안 걸으면서 영양 보충도 할 수 있는 곳이다.

하룻밤을 쉬고 다시 한 걸음 한 걸음 행복한 길을 걷는다. 발목은 부르트고 발가락에 물집이 생겨 아프고 몸은 끝없이 고달프지만 산티아고 순례길은 오르막길도 있고 내리막길도 있다.

자욱한 안개가 온산을 휘감고 있는 숲길을 지나면 철의 십자가가 나타난다. 순례자들의 길잡이가 되어 주고 마음을 모아 간절하게 소망을 비는 곳, 정성스럽게 써온 평화를 기원하는 글, 형제와 자식들의 무병장수를, 십자가에 마음을 묻고 싶은 사람들, 그들은 이곳에 소망, 사랑, 아픔, 미움 등을 모두 쌓아 두고 간다.

그렇게 수많은 돌이 우뚝 서서 십자가를 지탱하고 있는 것은 오직 속 깊은 신앙심에서 오는 것이 아닐까 생각해 본다.

안개 자욱한 철의 십자가를 뒤로하고 다시 걷기를 시작한다. 몰리나세카, 조그마한 마을이지만 순례길을 걸으면서 몸도 마음도 푸짐한 만찬을 즐길 수 있는 곳이다. 돼지고기로 만든 보티요, 몸이 따듯해지는 요리로 먼 길을 걸어온 지친 육체를 추스르며 오 세브레이로 향해 무거운 발길을 옮긴다.

해발 1,300m, 정다운 마음으로 순례자들을 환영해 준 작은 언덕 마을, 켈트족 후예라는 사람들의 백파이프 연주를 들으면서 마음이 평온을 찾는다. 스페인의 전통 가옥 파요사를 보고 이 나라의 역사를 배우면서 순례길을 걷는다. 그 길 어딘가에서 성인의 순교와 역사를 알 수 있다.

산티아고 순례길은 맛있는 음식을 먹을 수 있는 행복한 길이라 생각하면서 순례의 종착지인 산티아고 데 콤포스텔라에 도착한다. 그곳에는 성 야고보의 유해가 있었던 자리에 지어놓은 천년이 지난 아름다운 산티아고 성당이 유구한 세월을 버티고 서 있다.

진정 성인들은 인류를 위해 희생했던 사람들일까? 자문자답해 본다.

고된 순례 여행을 마치고 격려의 뜻에서 권하는 음식, 삶은 문어와 구운 가리비 요리를 먹으면서 밤이 깊도록 모여 앉아 길고 긴 여행길을 뒤돌아보는 시간을 갖는다.

다리는 아프고 숨 막히던 800킬로미터의 순례길, 엄청 고통스러웠으나 무척 즐거웠던 순간들이었다는 생각이 든다. 힘들게 걸으면서 먹고 마시고 같은 길을 걷는 수많은 사람과 이야기를 나누고 정을 주었던 시간이었다. 그런 즐거웠던 일들을 머리와 마음속에 담아둔 채로 기진맥진한 육신을 이끌고 TV 화면 밖으로 튀어나온 나 자신이 순례길을 완주했다는 생각으로 흐뭇하게 느껴졌다.

현장을 직접 보면서 고생도 하고 감동도 했어야 하는데, 그렇게 하지 못한 것이 마음속에 진한 여운으로 남았다. 그러나 지금까지 걸어온 나의 삶의 길도 산티아고 순례길처럼 고행의 길이면서 즐거운 인생길이었을까 다시 한번 생각해 보는 계기가 되었다.

앞으로 내 생애에 죽음이 찾아올 때까지 가슴속 깊은 곳에 담아두고 고난이 닥쳐올 때마다 순례자의 마음을 헤아려 보면서 자신을 위로해 보고 싶다.

정직과 겸손

　20년 전 어느 날, 서울의 한 호텔에서 아들의 결혼식을 하게 되었다. 북적거리는 일반 예식장보다는 시간적 여유가 있는 호텔이 결혼식 하기에는 좋을 것 같아 그곳으로 결정한 것이다.

　시골에 살다가 빌딩 숲이 빽빽이 들어선 서울에 가면 도심의 공기가 탁하다는 사실은 호흡기를 통해서 바로 알 수 있다. 그런가 하면 한여름 도로의 아스팔트가 녹아 내릴 것 같은 무더위 속에 숨을 헐떡거리며 고통을 느끼게 된다. 복잡한 거리를 오가는 버스와 수많은 인파를 보고 있으면 이곳 사람들은 지금의 도시 생활에 얼마나 만족할까 의구심을 갖는다.

　시골에서 서울에 가면 이러한 현상들 때문에 쉽게 적응하기가 어렵다.

결혼식 날 하객들의 인사를 받으며 즐겁고 감사하다는 생각을 했다. 예식이 진행되는 동안 사회자의 진행순서에 따라 주례사가 시작되었다. 며느리 아버지가 친구에게 부탁해서 주례 선생님을 모시게 된 것이다.

일반 결혼식장에서는 주례를 전문직업으로 하는 사람이 있다는 말을 들었다. 그 사람들이 하는 주례사는 어떤 내용을 담고 있을까?

"검은 머리 파뿌리 되도록 오래오래 행복하게 살아라." 이런 말들을 천편일률적으로 할 것이라는 생각을 해보았다.

친분이 있어 주례하는 사람들은 새로운 인생길을 출발하는 신랑 신부에게 특별히 어떤 좋은 말을 할까 관심을 두고 주의 깊게 들었다.

먼저 결혼을 축하한다면서 두 가지 부탁을 하고 싶다는 말로 주례사를 시작했다. '정직과 겸손' 뜻밖의 말이 주례 선생의 입으로부터 흘러나왔다. 내가 세상을 살아가면서 언제나 가슴에 새긴 내 삶의 목표가 아닌가.

더불어 살아가는 이치, 조직에서 인간관계를 원만하게 할 수 있는 조건이라고 했다. 나는 가슴에 와닿는 말씀을 하고 계시는 선생의 얼굴을 유심히 바라보면서 그 사람의 성품도 일생을 정직과 겸손으로 살아오지 않았을까 마음속으로 생각했다.

사람들이 한평생을 살면서 이 두 가지 성품만 지니고 산다면 사회생활이나 조직에서 존경받을 수 있을 것이다. 그러나 요즈음은 자본주의 사상에 물들어 일부 몰상식한 사람들은 자기만 잘나면 그만이라는 생각이 팽배해 있다.

남이야 죽든 살든 오직 자신만을 생각한다. 사회가 왜 이 지경까지 왔을까 한심스러운 일이다. 자동차가 접촉 사고를 내면 서로 잘못이 없다고 발뺌한다. 정직하지 못하고 남을 배려하지 않는 사람들이기 때문이다.

정직하게 살고 겸손하게 산다는 것은 말처럼 쉽지 않겠지만, 이런 아름다운 성품은 가르쳐 주지 않아도 본성으로 타고나는 것 같다.

주위 사람들이 정직한가 겸손한가를 구별하기는 쉽지 않지만, 오랜 세월을 같이 지내다 보면 어느 땐가는 그 사람의 성실한 성품을 판단하고 존중하게 된다. 반면에 정직하지 못한 사람들은 거리를 두고 싶어 한다. 이것이 많은 사람의 공통된 마음일 것이다.

복잡하고 살아가기 어렵더라도 정직하고 겸손하면 주위 사람들로부터 존경을 받게 되고 사회도 밝아지리라 믿는다.

'정직해서 손해 볼 일 없다. 세상을 겸손하게 살아야 한다'
이 말을 일생 동안 가슴속 깊이 새기며 살아왔던 세월이 결
코 잘못된 것이 아니라는 것을 모든 사람이 알고 실천할 때
이 사회는 올바른 방향으로 갈 것이다. 오늘도 정직과 겸손
을 주례사로 말씀해 주신 그분을 한결같이 존경하며 감사하
고 있다.

내 고향 장성

사람들에겐 나이가 들어 늙어지면 고향을 찾는 회귀 본능이 있는 것 같다. 마치 연어가 태어났던 곳으로 다시 돌아가듯이.

내 고향 장성은 선비의 고장으로 1950년대에는 인구가 13만 명 정도 살던 중 소도시였다. 육이오 전쟁 때 초등학교 1학년이었던 나는 전쟁의 참상을 고향에서 지켜봐야 했다.

공원 계단 밑에 쓰러져 있던 시신과 장안리 철교를 파괴하기 위하여 미군 비행기가 엄청 많은 포탄을 투하할 때 어린 가슴이 공포에 떨었던 기억이 지금도 생생하게 남아있다.

북한의 인민군들이 후퇴하면서 당시 아버지가 근무하던 읍사무소에 불을 질러 밤새껏 밤하늘을 빨갛게 물들였던 내 고향이다. 지금도 읍의 중심을 통과하는 길은 너무 좁다.

도시를 설계하면서 현재의 두 배 정도로 넓혀 계획을 했더라면 중심도로가 확장되어 좀 더 멋있는 시가지가 되었을 텐데 먼 미래를 생각하고 계획을 세우지 못했을까 아쉬움으로 남는다.

그래서 그런지, 아니면 사람들이 모두 도시로 떠나서 그런지는 모르겠지만 지금은 겨우 4만 명쯤 고향에서 거주하고 있다.

자랑스러운 내 고향 장성, 조선조 고종 황제의 아버지인 대원군 이하응은 "문불여(文不如) 장성"이라고 칭찬하면서 장성에서 글자랑 하지 말라고 했다.

울산김씨, 기씨, 변씨, 훌륭한 선조를 두어서 후세에 명문가로 남은 성씨들이다. 장성은 지세로도 다른 곳에 비교가 안 될 만큼 아름답고 관광지도 많은 곳이다. 영산강의 상류인 황룡강은 강의 깊은 물에서 황룡이 살다가 마을로 내려와 마을의 수호신이 되었다는 전설의 강이다. 이 강 상류에 댐을 막아 농업용수로 사용한다.

댐공사로 인하여 행정구역상 북상면이 완전히 수몰되었다. 소설가 문순태 작가는 「징 소리」라는 소설에서 수몰민의 애환을 디테일하게 그려내고 있다. 지금은 댐 양쪽으로 데크를 설치하여 여러 사람이 산책할 수 있도록 조성되어 있고 댐 중앙 부분에 다리를 놓아 수면 위를 가로질러 산책할 수 있도록 공사를 시작한다고 한다.

이곳을 찾는 사람들에게 산책의 편의를 제공해서 댐의 아름다움을 느낄 수 있게 할 것이다. 앞으로 수변을 한 바퀴 걸어서 관망할 수 있다면 유명한 관광지로 태어나리라 믿는다.

댐 상류에서 조금 더 올라가면 천년고찰 백양사가 자리 잡고 있다. 전설에 따르면 고승이 법당에서 설법하고 있는데 백양 한 마리가 하늘에서 내려와 설법을 들었다고 해서 백양사라 부른다고 한다.

백양사는 내장사 국립공원에 속해 있지만 독립해서 백암산 국립공원으로 다시 태어나든지 아니면 내장 백암산 국립공원이라고 명칭을 변경해서 백양사의 품격을 높여야 한다.

내장사보다 더 좋은 관광 조건을 갖추고 있으면서도 단풍하면 누구나 정읍 내장사를 연상한다.

장성 백암산은 산 전체가 하얀 학바위와 어우러져 서서히 타오르는 장작불처럼 산을 물들이는 애기단풍과 은행나무의 진노란색 잎, 짙푸른 초록색의 비자나무 잎, 이 세 가지 색깔이 조화를 이루며 화려하게 풍광을 자랑한다. 어느 사찰보다 비교할 수 없는 고찰이지만 홍보 부족으로 관광객들의 발길을 붙잡지 못하고 있다.

그리고 또 하나 가볼 만한 곳이 있다. 축령산 편백숲이다. 장성이 낳은 조림가 임종국, 나무 심기에 미치광이처럼 행동했던 그분이 있었기에 지금의 편백숲이 존재한다. 이곳은 자연이 살아 숨 쉬는 숲으로 사람들이 편안하게 휴식을 즐길 수 있는 곳이다.

피톤치드 향기가 코끝을 향기롭게 자극하는 곳으로 질병 관리와 건강을 위해서라면 이 숲을 찾아 힐링하는 것이 가장 좋은 방법일 것이다.

이 밖에도 문화유산으로 하서 김인후 선생의 필암서원을 찾아 옛 선인들의 발자취를 느껴볼 수 있다. 내 고향 장성에는 아름다운 산성도 있다. 입암산성이다. 성안에는 우물도 있고 평평한 분지 형태로 산성에 오를 때 힘들기는 하지만 올라서 주위 풍광을 바라보면 사계절 각기 다른 아름다움으로 등산의 피로가 한꺼번에 풀리는 곳이다.

이렇게 장성에는 볼거리가 많지만 관광객들이 쉬어가지 않고 지나쳐 버리는 관광의 사각지대로 남아있다.

앞으로 쉬어가는 관광지로 탈바꿈하려면 중앙정부의 협조를 받고 대기업의 도움을 받아 백양사와 장성댐 상류에 위락단지를 만들어 하루나 이틀 정도 숙박하면서 주변 관광지

를 여유 있게 돌아 볼 수 있는 관광의 중심지로 만들어야 할
것이다.

우리나라의 유명 관광지, 가평의 남이섬이나 용인의 에버
랜드처럼 사람들이 일 년 내내 찾아가는 그런 관광지가 되
었으면 바라본다.

머지않은 날 아름다운 관광자원이 빛을 발하는 날이 올 것
이라 믿는다.

분명하게 글을 쓰는 사람에게는 독자가 모이지만
모호하게 글을 쓰는 사람들에게는 비평가만 몰려들 뿐이다.

— 알베르 카뮈

체험을 통해서
삶을 재미있고 흥미있게
그려나가는 이야기

[소설]

영혼을 잃어버린 남자

1.

가을 햇살이 창문 사이로 쏟아져 들어오는 어느 날 오후, 점심을 먹고 들어온 사무실 직원들이 찻잔을 손에 받쳐 들고 옹기종기 모여 정다운 이야기들을 나누고 있다.

직장이란 가끔 즐거움의 공간이 되기도 하지만 일에 찌든 사람들의 고뇌와 고통으로 멍들어 아픈 상처가 응어리진 곳이기도 하다.

이제 10년 차 직장생활을 하고 있는 동현은 넓은 사무실에서 희망으로 부풀어 오른 미래의 아름다운 꿈을 꾸던 시기였다. 주위에는 나이가 비슷한 동료들도 있지만 대부분이 직장 선배들이었다.

그리고 그의 뒷자리에는 항상 얼굴에 미소를 머금은 채 세상 돌아가는 모습을 말로써 그려내는 친구가 있었다.

열심히 일하고 많이 지껄이고 주변 사람들에게 호감을 사는 순수한 느낌이 드는 그런 사람이었다.

나이가 어려서인지 다소곳한 그의 행동에서 친밀감을 느낄 때가 있었는데 요즘 부쩍 활짝 웃는 모습을 보면서 덩달아 동현의 마음도 즐거워질 때가 많았다.

여러 사람이 모여 조직 생활을 하다 보면 좋을 때가 있는가 하면 아무것도 아닌 일로 서로 미워하고 험담하는 것을 즐기는 직원들도 주위에서 심심치 않게 볼 수 있다. 다른 사람이 잘못을 저질렀을 때 비판하는 것은 좋지만 확인되지도 않은 일로 서로 지독한 비방을 하면서 악의 구렁텅이로 밀어 넣으려는 사람들도 많이 있기 때문이다.

그렇게 직장생활은 때로는 즐겁게 성취감도 느끼고 보람된 삶을 살기도 하며 고뇌에 찬 괴로움을 겪으면서 세월 따라 흘러가는 것이다.

비가 추적추적 내리던 어느 날, 평소에 말이 없던 직원이 내 곁으로 다가와 누군가의 흉을 본다. 요즘 조직 내에서 엄청 말이 많다는 것이다. 같은 부서에 있는 노처녀 직원과 정분이 나서 놀아나고 있다면서 유부남이 본처를 놓아두고 몹쓸 짓을 하고 있기 때문에 여러 사람이 입방아를 찧고 있어 듣기가 거북하다고 한다.

동현은 그 사람이 그렇게 바람을 피우지는 않을 거라고 생각했는데 그 소문이 어떻게 흘러나오게 되었는지 매우 궁금했다. 의자만 살짝 돌리면 등 뒤에 앉아있는 그 이름 이민우, 수시로 세상 돌아가는 이야기도 하고 진한 농담도 했던 그였기 때문에 사실 여부를 확인하고 싶었다.

"민우 씨, 요즘 미스김과 연애한다는 소문이 들리던데 누군가 잘못 알고 한 말이겠지?"

"무슨 소리예요. 하느님이 화내실 말을 누가 그렇게 한대요."

"아니야. 나는 민우 씨 믿으니까 헛소문은 안 믿어."

"빈총도 안 맞는 거보다 못하다는데 기분이 나쁘네요."

"헛소문이면 신경 쓰지 말아요. 자기 자신이 깨끗하면 그걸로 끝나니까."

이렇게 그와의 대화는 끝이 났다. 동현은 이민우 그 사람은 아들 하나, 딸 하나를 둔 복이 많은 가장으로 절대로 그런 일은 없으리라 믿고 싶었다.

그 일이 있고 3개월 후 민우는 더 좋은 부서로 영전하여 떠났고 동현의 머릿속에서 헛소문은 완전히 잊어버린 체 하루하루를 즐거운 생활을 하면서 지냈다. 다만 그가 직장생활도 충실하게 하고 한 가정에 가장으로서 가정생활도 남부럽지 않게 살아주기를 마음속으로 빌어주었다.

째깍째깍 시계추의 흔들림 속에서 계절은 바뀌고 세월은 훌쩍 흘러갔다. 어떤 때는 북풍이 쌩쌩 몰아치는 겨울을 보내고 또 다른 계절에는 하얀 구름이 산 위를 둥둥 떠 흘러가는 것을 보며 시간은 쉬지 않고 빠른 속도로 지나가는 것을 느낄 수 있었다.

민우와 헤어진 후 일 년쯤 지났을까, 그에 대한 안 좋은 소문이 떠돌기 시작했다. 결국 본처와 이혼하고 직장 내 노처녀와 결혼했다는 소식이 바람을 타고 귓전을 스치고 있었다.
본처는 하늘이 맺어준 인연인데 그 인연을 발로 걷어차고 새로운 여자와 결혼을 한다고…. 그럼 아이들과 본처는 어떻게 살아가라고? 남의 일이지만 안 듣는 것만 못했다.
들리는 소문에 의하면 20년 가까이 알콩달콩 살아왔던 본처가 남편의 마음을 돌리기 위해서, 다른 여자와 그렇게 살고 싶으면 집에 오지 않고 나가서 살아도 좋으니까 이혼만은 하지 말자고 무릎 꿇고 빌었다는 소리가 들려왔다.
그러면서 남편이 계속 직장생활을 이어갈 수 있도록 문제도 삼지 않겠다고 했지만 결국 이혼이라는 해서는 안 될 일

을 하고 만 것이다. 사람들이 살아가면서 할 짓이 있고 하지
말아야 할 짓이 있는데 민우는 사람의 탈을 쓰고 짐승처럼
본처에게 못 할 짓을 한 것이다.

한때 조직 내의 가까운 곳에서 직장생활을 했던 민우였는
데, 동현은 가슴 아픈 소식 때문에 며칠 동안 그 생각이 떠
나지 않았다. 인간이란 시간이 흐르면 지나간 과거는 잊는
다. 새로운 미래가 산적해 있기 때문이다.

세월은 흐르는 물처럼 쉼 없이 흘러가고 민우가 그 여직원
과 재혼했다는 소식을 들은 지 40년이라는 긴 세월이 지나
갔다.

동현은 이제 머리카락이 희끗희끗 노년으로 변해가고 있
었고 고등학교 시절부터 꼭 해보고 싶었던 글을 쓰기 시작
했다.

글을 쓰면서 문학동아리에도 참여하고 문인들과 친분을
쌓으면서 제2의 인생을 산다는 생각으로 열심히 글을 읽고
쓰는 일로 부풀어 있었다.

동현이 문학에 심취하여 문학단체에 발을 딛게 되면서 새
로운 삶이 시작되었다. 일 년이면 봄, 가을 두 번 발간되는
수필문학지이지만 회원들로부터 원고를 받아 편집하고 책이

출간되면 출판기념회도 하고 회원들에게 문학지를 발송하는
등 잡다 한 일에도 참여하고 있었다.

그 문학 동인회에서 만난 회원 선옥, 여자 쪽 부회장으로
성실하게 살아가는 모습이 아름답게 보였다. 세월이 지나면
서 동현은 남자 부회장으로서 회장을 보좌하며 회원들이 단
합할 수 있도록 최선을 다하는 것이 그가 해야 할 일이었다.
그렇게 문단 활동을 하면서 오직 좋은 글로 책을 내 보고
싶다는 생각에 사로잡혀 있었다. 건강을 위해서 늘 하던 골
프 운동도 잊지 않고 참여했다.
그즈음 매년 한겨울이면 따뜻한 열대지방으로 골프 여행
을 다녀오곤 할 때였다. 문학지 발간도 끝내고 별로 할 일도
없는 시기였기 때문에 골프 애호가들과 필리핀의 세부에 있
는 골프장으로 여행을 떠났다.
이번 여행은 동현의 인생에 마지막 여행일지도 모른다는
생각에 즐겁게 보내고 싶었다. 그곳은 가끔 열대성 소나기가
세차게 내리기도 하고 추적추적 이슬비가 내려 옷을 흠뻑
적시게 할 때도 많았다.
푸른 잔디에 골프공이 딱딱한 골프채에 얻어맞고 하늘 높이
치솟는 것을 보면서 환호한다. 마음속이 뻥 뚫리는 것 같다.

멀리 날아가는 조그마한 공을 보면서 갑자기 험한 세상을 힘들게 살아가고 있다는 부회장 이선옥이 떠 올랐다. 어쩌면 하늘에서 그녀의 통곡이 비가 되어 내리는 것이라고 생각을 비약해 본다. 그녀가 머릿속에 떠오를 때면 가슴속을 적시는 「통곡의 비」라는 시상이 하얀 종이 위를 미끄러지듯이 굴러 간다.

하늘이 흐려지더니/ 비가 내린다
이슬비 사이로/ 여인이 나타난다
근심 가득한 얼굴에/ 눈물을 머금고
사랑을 잃어버린/ 그녀의 마음에
통곡의 비는/ 하염없이 내린다

골프는 푸른 잔디 위를 걸으면서 하는 운동으로 건강은 말할 것도 없이 좋고 스트레스를 풀어 버리는 것도 최상이지만, 비가 내리면 칠 수 없기 때문에 골프텔에서 쉬면서 시간을 보내야 한다. 할 일 없이 방구석에 틀어박혀 있으면 지나간 세월의 추억 속으로 빠져든다.

사랑하는 아내와 아들, 딸은 잘 있는지! 문학 동인회 문우들은 무엇을 하는지 궁금하기 시작했다. 태양은 서쪽 산으로 넘어가 어두워지고 창문밖에는 어둠 속에서 비가 내리고 마음은 허전해진다. 누군가에게 문자라도 하고 싶은 그런 밤이었다.

문득 언제나 잘 웃던 여자 부회장이 머릿속에 그려졌다. 잠시 생각에 잠겼다가 자신도 모르게 핸드폰의 전화번호를 찾아 글자판을 두드리기 시작했다.

"잘 계시오. 추위를 피해서 필리핀으로 여행 온 부회장 동현이요. 문학지 원고는 많이 들어왔는지 궁금해서 문자 올렸습니다."

이렇게 대화가 시작되었다. 심심하기도 하고 소식도 듣고 싶어서 문자를 했는데 바로 답장이 핸드폰 화면에 새겨지고 있었다. 언제 그곳에 갔는지? 거기는 열대지방이라 덥지는 않느냐구?

허전했던 마음이 문자로 채워지는 즐거움에 빠져들기 시작했다.

"원고는 잘 들어오고 있으며 편집도 문우들이 알아서 할 테니 걱정 말고 운동 잘하고 오세요."

바다 건너 머나먼 필리핀과 한국을 오가며 수많은 문자를 주고받았다. 외로울 때 문자로 허전한 마음을 달래주니까 묘약이라는 생각도 들었다.

"이제 내일이면 집으로 돌아갑니다."

마지막 문자를 날리고 조용한 시간을 보내면서 앞으로 문자 통신은 어려울 것이라는 생각에 조금은 아쉽기까지 했다.

"그곳으로 가면 문자는 끝나겠네요."

어딘가 서운한 마음이 들어서 하는 말이지만 외국에 있을 때 외로움을 달래주는 문명의 도구를 한없이 고맙게 생각하고 또한 마음이 설레면서 농담처럼 주고받았던 말들을 잊을 수 없을 것 같았다. 어느새 그녀는 사랑스런 여인이 되어 있었다.

마지막으로 무슨 말을 해야 할까 망설여졌지만 특별하게 하고 싶은 말을 찾지 못했다. 문자 통신을 끝내면서 머나먼 필리핀에서 위로가 되었던 일들이 주마등처럼 눈앞을 스쳐 지나갔다.

"앞으로 문자 하는 거 쉽지 않겠네요."

조금은 아쉽다는 마음으로 전하는 선옥의 마지막 문자,

"그렇게 될 것 같습니다. 하지만 문학동아리에서 만날 수 있으니까 너무 섭섭하다고 생각하지 마세요."

이렇게 문자는 끝이 나고 귀국길에 올랐다.

그리고 겨울이 끝나갈 무렵 우연히 만남의 기회가 찾아왔다.

2.

자연스러운 만남이었다.

"오늘 날씨도 좋은데 야외로 나가 볼까요? 바다가 있는 곳
으로요."

그녀도 바다라는 말에 선뜻 따라나섰다.

"오랜만에 바닷바람 좀 쐬겠군요."

동현은 승용차에 선옥을 태우고 무작정 찾아간 곳이 고창
동호해수욕장 모래사장이었다.

봄은 서서히 다가오고 있는데 서해안의 파도는 북풍의 영
향을 받아 거칠게 몰아치고 있었다. 높은 파도가 밀려오면서
하얀 물보라를 모랫바닥으로 내동댕이친다. 어쩌면 밀려오
는 물결 속으로 뛰어들어 답답한 가슴을 흠뻑 적셔 버리고
싶은 심정이 되었다.

그녀 선옥과 단둘이 아무도 없는 백사장에서 찬바람을 맞
으며 걷고 있다는 것이 꿈속을 헤매는 것만 같았다. 서로가
할 말을 잊고 서먹서먹한 분위기가 잠시 연출되고 우린 서
로 각자의 생각에 빠져 있었다.

파도 소리를 들으면서 문득 필리핀에서 시상이 떠올라 하

얀 종이 위에 써 내려갔던 「사랑스런 여인」이 생각났다.

어젯밤엔/ 유난히도 달이 밝더니
오늘은 아침부터/ 추적추적 비가 내린다
바다 건너/ 저 멀리 고국 땅에는
아름다운 여인이/ 기다리는데
가슴속에/ 묻어둘 여인
눈앞에 아른거려/ 마음 아프네

같은 동인회 회원이라는 것 외엔 아무것도 알지 못하는 그녀와 단둘이 파도 소리를 들으면서 걷고 있자니 어떤 사람인지 궁금했다. 남녀가 만나면 가장 알고 싶은 것은 그 사람의 가정환경이나 살아온 과거가 궁금해진다. 동현은 다짜고짜로 물었다.

"애들 아빠는 무얼 하는 분이세요?"

"없어요. 이혼하고 아들 하나, 딸 하나 키우면서 혼자 살았습니다."

갑자기 가슴이 울컥했다. 아직은 나이가 60대 후반으로 가정생활에 행복을 느낄 때인데 혼자 살고 있다니, 순간 무슨 말을 해야 할지 할 말을 잊었다. 위로를 해야 할까 격려를

해야 할까?

잠시 침묵이 흐르는가 싶더니 동현에게 질문이 던져졌다.

"젊었을 때 무슨 일하고 사셨어요?"

"공직에 있었어요. 도청이요."

"이혼한 남편도 그 직장에 있었습니다."

"그런데 왜 이혼을…"

말끝을 맺지 못했다. 그녀는 잔잔하게 흐르는 물처럼 이혼 사유를 말하기 시작했다.

어린애들 둘을 키우면서 너무 큰 불행을 겪었노라고.

신혼 첫날밤 숙소에서 결혼 전 애인에게 전화하는 것을 보면서 살아갈 앞날이 막막하기만 했다고 한다. 그날부터 앞이 보이지 않는 고통이 시작되었다고.

애들이 초등학교와 중학교를 다닐 때 남편은 직장의 같은 부서 아가씨와 바람이 났다고, 그리고 이혼을 요구하기 시작했단다. 남편은 바람난 여인과 딴 살림을 시작했고 가끔 집에 들어오는 날이면 갖은 욕설을 하고 심하면 구타까지 하면서 그녀 스스로 이혼하자는 말이 나오기를 기다렸다고. 그렇게 세월이 흘러갔다고 한다.

그러니까 이혼하기 위해서 온갖 못된 짓을 한 것이다. 이야기를 들으면서 짠한 마음 때문에 동정심이 일었다. 그녀의 삶은 행복보다는 항상 불행이 앞으로 먼저 나가곤 했다. 어린애들을 키우면서 삶에 지쳐 허우적거릴 때 찾아온 난데없는 불행의 씨앗! 가정에 충실하지 못했던 남편이 다른 여자를 알게 되면서 가정은 파국을 향해 달렸다.

아이들이 이제 막 사춘기에 접어들 나이인데 가정을 버리려고 하는 남편이 너무 원망스러웠다. 끈질기고 집요한 이혼 요구에 이것이 운명이라면 피할 수 없을 것 같다는 생각을 하면서 마지막으로 그 여자를 한번 만나보고 싶었다고 한다.

남편과 바람을 피우는 그녀를 어느 조용한 찻집에서 만나 애들을 키우고 있는 엄마의 어려운 형편을 이야기하고 당신 때문에 남편과 헤어지면 우리 가족이 얼마나 불행해지겠는가 설득을 겸한 사정도 해보았다.

"정아 씨, 당신은 아직 미혼이고 앞으로 살아갈 날이 구만리 같은데 어미와 자식을 생이별시키고 남의 가정을 산산조각 내면서까지 꼭 그 길을 가야겠어요?"

그녀는 아무런 관심도 없다는 듯 무심한 눈길을 이곳저곳으로 던지면서 어서 이 자리를 뜨고 싶은 눈빛이었다고.

당신의 남편을 잊어야겠다는 말도 그 남자를 사랑해서 헤어지지 못하겠다는 말도 하지 않았다. 설득하려는 여인의 처지만 서글프고 슬픈 마음은 잔잔한 파도가 되어 침묵을 가르며 허름한 찻집 시멘트 바닥으로 내려앉는다. 저녁노을에 초가집 지붕 굴뚝에서 흘러나오는 하얀 연기처럼 깔리면서….

오직 이혼이라는 파경만은 어떻게든 막아 보겠다는 마음에서 애원의 말이 계속 이어지고 있었다.

"그렇게 해서 당신이 그 사람을 차지하고 살면 행복할 거 같아요? 그 남자가 당신의 인생을 송두리째 책임질 만큼 가치 있는 사람이라고 생각하고 있나요? 여러 사람 마음 아프게 하고 그 길을 굳이 고집하면 얼마 안 가서 금방 후회하게 될 거예요. 당신이 무엇이 부족해서 남의 가정을 파탄의 구렁텅이로 몰고 가려는지 이해할 수가 없네요."

선옥은 절규에 가까운 목소리로 사정하고 있었지만 듣는 그녀는 계속 묵묵부답이다. 심장을 쥐어짜는 듯한 그 분위기를 더 이상 견디지 못하고 그녀와 헤어져 어떻게 집으로 왔는지 기억이 나지 않았다고 했다.

그리고 몇 개월이 흘러갔다. 다른 여자에게 정신을 빼앗긴 남편은 오직 이혼만을 줄기차게 요구했다. 견디고 버티고 하는 것도 한계가 있었다. 더 이상 버티지 못하고 이혼 법정에

들어가기 전에 마지막으로 헤어지는 것만은 다시 한번 생각
해 보자는 이야기를 떨리는 마음으로 해보았다고 했다.

"광수 아빠, 다시 한번 생각해 볼 수 없어요? 보기 싫은 마
누라를 생각하지 말고 딸, 아들, 두 아이를 생각해서 이혼만
은 피하면 안 되겠어요?"

"미친년, 그 처녀가 몸을 다 망쳤는데 너 같으면 그렇게 하
겠냐?"

자기 자신이 스스로 그녀의 인생을 망쳐놓고 뻔뻔하게 저
렇게 말할 수 있는 사람에게 더 이상 미련을 남기는 것은 어
리석다는 생각으로 한 치의 망설임도 없이 돌아서기로 마음
먹었다.

끝내 막장까지는 가지 말자는 선옥의 의지는 바람에 나뭇
잎 흩날리듯 슬픔만 안겨주고 막을 내렸다. 앞으로 두 아이
를 책임지며 눈물 나는 일도 많겠지만 인생의 끝자락엔 웃
을 수 있기 만을 바라며 온몸을 삶의 불길 속으로 던졌다.

긴 세월이 흘러간 지금 선옥은 웃을 수 있는 여유를 가지
고 있다. 성실하게 살아온 만큼 보기만 해도 예쁜 딸과 사위,
아들과 며느리는 자기가 몸부림치면서 험난한 인생길을 걸
어온 피눈물의 대가가 아니던가!

긴 세월도 아닌 몇 년의 시간이 흐른 후 남의 남자를 빼앗았던 그녀와 남편은 별거 중이라는 소문이 들려왔다고 했다.

이제 와서 생각해 보니 그 남자와의 이혼은 탁월한 선택이었다고 자기 자신을 위로하며 살고 있다. 주위 사람들은 인생의 험한 길을 힘들게 살아왔지만 최선을 다했던 불행한 여인에게 찬사를 보낸다고 한다. 그녀 인생의 대서사는 여기까지였다.

선옥의 기구한 삶의 역경을 들으면서 동현의 가슴은 먼 허공을 혼자 걷는 환상에 빠져들었다. 지금까지 이야기의 주인공이 누구인지 짐작이 가는 사람이 머릿속에 떠올랐기 때문이다.

40년 전 동현이 바람피우냐고 소문이 안 좋게 났더라고 물었던 민우라는 사람이 그 사람이 아닐까!

"혹시 그 사람 이름이 이민우 아니요?"

순간 소스라치게 놀라는 선옥의 모습에 짐작이 맞았구나 했다.

"그걸 어떻게 알았어요?"

젊은 시절 그러니까 정확하게 40년 전 같은 사무실에서 근무했던 직원의 이혼한 부인이라서 순간 할 말을 잊었다.

어떻게 어떤 말로 위로해야 할지 도무지 생각이 나질 않았다. 이민우가 이혼할 무렵 동현이 근무하는 직장에서 같은 부서 여직원과 바람난 사건이 있었다. 그것도 세 쌍의 부부가 있었는데 그중 한 여인이 지금 동현의 눈앞에 서 있다.

공무원이 바람을 피우면 품위유지 의무 위반이다. 두 쌍의 부부는 모두 이혼하고 남자들은 직장을 그만두었지만, 오직 한 사람만이 살아남을 수 있었다.

그것은 부인이 남편의 해임을 원하지 않았기 때문이었다. 커가는 아이들의 정서에도 그렇고 훗날 아들, 딸이 결혼할 때도 좋지 않은 영향을 미칠 것으로 생각해서 그렇게 했다는 것이다.

선옥의 천사 같은 마음씨가 가족 모두에게 큰 복으로 돌아왔으리라.

이혼하고 3일이 되던 날, 헤어진 남편의 친구로부터 전화가 왔다. 저녁이나 같이하자고

"민우 친구 현석이요."

"무슨 일로 전화하셨어요?"

죽지 못해 사는 그녀를 위로하려는 건지, 혼자 사는 여자라고 얕잡아보고 유혹하려는 건지, 일단 마음속이 아파왔다. 이혼의 슬픔이 마음속에 켜켜이 쌓여 있는데 그 위에 불을

지르려고 하는 그 남자가 죽이고 싶도록 증오스러웠다.

전화기에 대고 여러 말 하기가 싫었다. 전화 받을 기분이 아니었지만 어쩔 수 없이 받아야 했다.

"오늘 저녁 식사나 같이할까요?"

어처구니가 없었다. 혼자된 지 며칠이나 되었다고 수작을 걸어오는지 불쾌하기 짝이 없었다.

전화를 끊는다는 말도 없이 수화기를 내려놓아 버렸다.

슬픔이 가슴속으로 밀려들어 왈칵 눈물이 나왔다.

이제 애들과 험한 세상의 한복판으로 나아가야 한다. 수많은 남자의 유혹을 뿌리치고 더욱 강한 모습으로 거친 세파와 부딪쳐 싸워야 한다는 생각밖에 없었다.

이혼 후 어렵게 살아온 이야기를 잔잔하게 들려주었다. 낡은 아파트를 매입, 리모델링을 해서 팔고 필요하면 도배도 직접 하면서 애들 둘과 험난한 세상을 거칠고 힘들게 살아왔다는 말을 들으면서 인간으로서 깊은 고뇌를 느낄 수 있었다.

너무나 얄궂은 운명의 만남이라고 생각되었다. 선옥의 삶은 행복보다 불행이 화살처럼 앞질러 나간 것 같았다.

"선옥 씨, 나는 유부남입니다. 그리고 나이도 먹을 만큼 먹었어요."

"제가 이혼녀라고 신세 지고 싶은 생각은 없으니까 걱정하지 마세요."

"그래도 지금까지 이야기를 듣고 무엇인가 도와드리고 싶은 생각이 듭니다. 어떻게 해야 할지 아직은 생각이 나지 않지만요."

유부남인 동현, 오랫동안 살아온 본처와의 쌓인 정을 버릴 수는 없는 것이 조강지처가 아니던가. 마음을 조금 나누어 줄 수는 있어도 완전히 빼앗길 수는 없다고 생각했다.

잠시 어색한 순간이 둘 사이에 조용히 흐르고 있었다. 그녀를 어떤 방법으로 도와주면 좋을까 생각했다. 지금까지 불행하게 살아온 삶을 행복으로 바꿀 수 있다면 나 자신을 희생해 보겠다고 마음속으로 다짐해 본다. 그리고 여자 혼자 살아가는 환경 속에서 하이에나처럼 찝쩍대는 '찝쩍남'들의 유혹으로부터 보호해 주고 싶었다.

선옥에게 동현이라는 사람이 언제 죽을지 모르겠지만 내 생명이 앞으로 5년은 견딜 것이라는 말을 해주었다.

가정이 있기에 온몸과 마음을 바쳐 행복하게 해줄 수는 없지만 최선을 다해서 행복은 이런 것이구나 느끼게 해주고 싶었다. 그래서 지금까지 살아온 불행한 삶을 조금이나마 보상해 주겠다는 생각을 한 것이다.

"5년이면 짧은 세월이지만 행복하다고 느끼면 행복할 거예요. 불행했던 과거의 일들은 모두 잊어버리고 새로운 삶을 시작해 봐요."

"그렇게 해볼게요. 너무나 감사해요."

그녀와 행복 만들기는 그렇게 시작되었다. 문학 동호회에서 동인지를 발간하게 되면 교정도 봐야 하고 편집도 해야 하기 때문에 자주 만남을 가질 수 있었다.

행복하게 해주겠다던 약속을 지켜야 할 텐데 어떻게 하면 느낄 수 있도록 할 것인가 깊은 생각에 잠길 때가 많았다. 행복과 불행은 자기 마음속에 도사리고 있는데 자신이 어떻게 생각하느냐에 따라 달라진다는 것을 알게 할 수 있을지, 그녀와 약속을 했기 때문에 어떻게 살고 있는지 생활 현장을 보고 싶었다.

어느 날 오후, 그런저런 생각을 하면서 선옥의 집을 방문할 기회가 생겼다. 여인 혼자 사는 집이라서 조그마한 아파트에 쓸쓸한 바람이 옷깃을 스치고 지나갔다.

처음 방문이라 살고 있는 환경도 궁금했고 지금까지 어떻게 살아왔는지 내 눈으로 확인하고 싶었다.

그녀와 세상 사는 이야기, 지금까지 살아왔던 소소한 이야기들을 조용하게 들으면서 안쓰러웠다. 처음 만났을 때 얼추 들었지만 실감이 가지 않았는데 막상 집에 찾아와서 들어보니 복잡했던 사연들이 눈앞에 어른거리면서 지나갔다.

"선옥 씨, 아주 알뜰하게 살아왔군요."

"저의 숙명임을 알고 나니 마음이 편안했습니다."

이런저런 이야기를 주고받다가 방구석에 놓여 있는 골프 채 한 개가 눈에 들어왔다. 어렵게 살면서도 아직까지 고급 운동이라고 부르고 있는 골프를 쳤을까 깊은 생각에 빠져들었다. 그 채는 골프를 처음 배울 때 쓰는 7번 아이언이었다.

"골프 치세요?"

"아니요. 일주일 연습하다가 접었습니다."

아파트를 리모델링하면서 벌어 놓은 돈도 있고 해서 운동 삼아 배워볼까 생각했는데, 누군가의 꼬임에 빠져 증권에 투자했다가 모아 두었던 돈을 모두 날려 버렸다고 한다.

"지금은 돈이 없어 접었어요."

운명은 이 여자 편이 아니라는 생각이 들었지만 골프는 건 강에 좋은 운동이니까 다시 시작해 보라고 권해보고 싶었다.

"다시 시작해 보고 싶은 생각은 없나요?"

"하고는 싶지만…"

말끝을 흐린다.

"현재의 삶 속에는 경제적 여건이 안 돼 여유가 없어요."

그래서 건강에 아무리 좋다고 해도 할 수가 없는 형편이라고 했다.

"그럼 내가 도와줄 거니까 한번 해봐요."

동현은 이 운동이 조금은 그녀에게 행복을 안겨주리라 믿고 싶었다. 골프 운동의 좋은 점을 설명하면서 어쩌면 불행했던 과거를 잊어버리고 이 운동에 빠져들 것 같은 생각이 머릿속을 스치고 지나갔다.

"선옥 씨, 골프는 세 가지 좋은 점이 있어요. 첫째는 다섯 시간 정도를 잔디 위를 걸으니까 다리 운동에 좋구요. 두 번째는 골프채를 휘둘러 온몸을 움직이니까 팔 운동뿐만 아니라 온몸 운동이 됩니다. 그리고 마지막은요. 내가 친 공이 골프채에 얻어맞고 하늘 높이 날아오르는 것을 보면서 그동안 쌓였던 스트레스가 확 풀리니까 이보다 더 좋은 운동이 있겠습니까? 성적평가도 자기 스스로 하는 이 세상에서 가장 신사적인 운동입니다. 열심히 해봅시다."

"하지만 저는 삶의 가파른 언덕길을 걷고 있잖아요. 남에게 신세 지는 것도 싫구요."

"걱정 말고 그쪽으로 한번 신경 써보세요. 새로운 세상이 보일 것입니다."

3.

그날 이후 골프에 빠져드는 그녀를 보면서 겉으로는 평온한 것처럼 보였으나 일생을 살면서 불행에 찌들었을 텐데 진정한 행복을 찾기란 쉽지 않을 것이라는 생각이 들었다.

골프 운동을 시작한 지 몇 개월이 지나 문학 동호회에서 미얀마로 문학기행을 가게 되었다. 외국 여행은 언제나 설렘을 갖게 하는 호기심이 발동하지만 선옥과 동현에게는 특별한 여행이었다. 그녀를 행복하게 해주기 위한 또 하나의 기회였다.

미얀마에서의 짧은 여행은 보고 느낀 것들을 문학동인지에 작품을 발표하면서 잘 마무리되었다. 다만 그녀가 얼마나 즐거웠는지는 알 수가 없었지만 동현으로서는 최선을 다했다는 마음이었다.

그렇게 세월은 쉬지 않고 흘러가고 있었다. 그녀와의 약속, 5년 동안 보살펴주겠다던 시간은 계속 어딘가를 향해 부지런히 뛰어가고 있다.

인간이란 사회생활을 하면서 서로 돕고 더불어 살아가는

공동체의 운명을 안고 태어난다. 도움을 주기도 하고 때로는 받아야 할 때도 있다.

깊은 산속에 조그마한 산장을 짓고 생활하는 동현에게는 필요에 따라 선옥의 도움을 받아야 했다.

일 년이면 몇 차례 지인들을 불러 식사하고 인생사는 이야기들을 나누면서 삶에 즐거움을 찾고 있던 시기였다.

아이들 엄마가 해야 하는데 몸이 불편해서 손님 접대를 할 수 없으니까 주방일을 하는 사람을 구해 하루 일당을 주고 시키던 때였다. 생판 모르는 사람을 불러서 일을 시키는 것도 그리 쉬운 일은 아니었다. 그래서 생각한 것이 선옥에게 부탁해 보았다.

"선옥 씨, 산장에서 손님 접대하는데 도와줄 수 있어요?"

"어떤 일을 하는데요?"

"밥 짓고 반찬 만들어 상차림 하면 돼요."

"그런 일 같으면 할 수 있을 것 같습니다."

어려운 부탁이라 거절할 줄 알았는데 의외로 빨리 동현의 청을 받아들였다. 아마도 그 정도는 해드려야 한다는 생각이 앞섰던 것 같다. 적당하게 일할 사람을 찾지 못했는데 잘되었다는 생각이 들었다.

산장은 비가 오면 운무가 산허리를 휘감고 밀려와 아름다운 천사가 날개옷을 펄럭이며 소나무 숲 사이로 춤을 추며 다가온다. 운무가 걷히면 다시 지상의 세계로 내려오는 듯한 느낌으로 살아가는 곳이다.

산장에서 손님 접대도 하고 풀 뽑을 때는 일손을 보태고, 일주일에 한두 번 이곳저곳에 나무 심는 일도 거들어 주고 꽃 가꾸는 일도 즐거움으로 자신의 일인 양 열심히 도와주어서 고마웠다.

거기에다 공기가 좋고 120미터 지하에서 올라오는 깨끗한 물은 사람들의 몸과 마음을 건강하게 해주기 때문에 깊은 산장에 오는 것을 좋아했다.

선옥은 조금씩 행복을 느끼는 것 같았다. 그렇게 느끼던 어느 가을날, 지인들과 점심을 먹고 즐거운 시간을 보낸 뒤, 늦은 시간에 광주 그녀의 집까지 가려면 피곤할 것 같아 하룻밤 서재에서 자고 가도록 했다. 굳이 가겠다는 그녀를 잡아둔 것이 잘못된 선택이었을까?

깊은 산속에서 멧돼지와 고라니 등 산짐승들의 울음소리와 소나무 가지 끝을 스치고 지나가는 바람 소리에 왈칵 두려움을 느낀 그녀가 혼자 잠을 청하기가 어려웠을까? 동물들의 울부짖는 소리를 들으면서 느끼는 오싹함, 이런 경우

우린 같이 있을 수밖에 없었다.

그러나 동현이 아무리 늙었다고 하지만 남자이기 때문에 남녀가 같은 방에 있다는 것은 누군가가 알면 반드시 오해의 소지가 있을 것이라는 생각이 들었지만, 무서워하는 그녀를 혼자 내버려 둘 수는 없을 것 같았다.

산짐승의 울음 때문에 그녀의 옆에서 잠을 청할 수가 없었다. 이런 생각, 저런 생각으로 잠을 이루지 못하고 깊은 시름에 잠기고 온갖 상상의 나래를 펼치고 있던 시간, 새벽 3시, 문을 두드리는 소리에 깜짝 놀라 출입문을 열었다. 이 깊은 산속에 누가 왔을까? 산장에서 반경 오백 미터까지는 사람이 살고 있지 않은 깊은 산속인데….

불안한 생각이 번개처럼 지나갔다. 남녀가 산속에 같이 있는 날이 많아지고 손님 접대를 하면서 여러 사람이 이상한 눈으로 주시하는 것을 보고 있으면 늙어서 바람피운다고 얼마나 수군거렸을까?

그 소문이 내 가족들의 귀에 들어갔을 것이라는 생각은 하고 있었지만 순수한 마음을 이해해줄 사람은 그리 많지 않았을 것이다.

"아빠, 문 열어봐."

문을 열자 시커먼 옷을 입고 방으로 성큼 들어오는 아들의 모습을 보면서 동현은 영혼을 잃어버린 남자가 되고 말았다. 머나먼 서울에서 그것도 새벽 3시에 깊은 산속으로 쳐들어 오다니 상상할 수 없는 현실이 눈앞에서 벌어지고 있었다.

그동안 애비가 바람을 피우고 있다는 말을 엄마로부터 전해 들은 아들은 여기저기 물어보고 소문도 듣고 해서 기습적으로 찾아온 것이다.

요즘 세상은 엉덩이를 보고도 사타구니를 보았다고 하는 시대인데 그런 사람들의 말을 믿고 제 아비를 지옥으로 밀어버리려고 찾아왔다는 생각에 정신은 이미 동현의 것이 아니었다. 자기 아버지를 믿지 못하고 남들의 이야기를 전폭적으로 믿는 아들이 너무 야속했다.

평소 정직하고 거짓말할 줄 모르는 애비라고 생각했더라면 "아빠, 이런 소문이 들리던데 정말이여?" 이렇게 물어봐 주었더라면 모든 것을 거짓 없이 다 말해주었을 텐데 주변의 떠돌아다니는 괴상한 소문과 남의 말하기 좋아하는 사람들을 더 믿고 한밤중에 찾아온 아들이 용서할 수 없이 미웠다.

태어나서 마흔 살이 될 때까지 지 애비에게 반말을 지껄였던 아들, 얼마나 많은 사랑을 주면서 키웠는데 난데없이 찾아와 팔십 살에 바람을 피운다고 지 애비 가슴에 대못을 박고 있을까? 동현은 정신이 몽롱한 상태가 되어 혼돈 속으로 빠져들고 있었다.

젊은 사람이 바람이 나서 새까맣게 어린 여자와 살림을 차린 것도 아닌데 이렇게 수모를 당하는 자신이 한없이 억울했다.

아들놈이 선옥을 잠깐 나가 있으라고 내보낸 뒤 조용하게 들려주는 그 녀석의 말이 동현의 폐부를 갈기갈기 찢어 놓는 것 같았다.

"아빠! 저 여자 상간녀 아니야? 유부남을 꼬드겨 이렇게 같이 있으면 우리 가정은 어쩌라고."

이미 넋이 나가버린 동현은 앞이 보이지 않는 어둠 속에서 허우적거리고 있었다.

"저 상간녀 어떻게 할 거야?"

"이놈아, 상간녀가 아니고 상생녀다. 손님 접대에 산장 가꾸는 일 등 나를 도와주는 도우미란 말이다."

가족이 알면 기분 좋을 리는 없지만 불쌍하고 안쓰러워 잠시 마음 써 준 것뿐인데 어쩌다 일이 이 지경에 이르렀단 말인가! 동현의 가슴속에는 이미 대못이 박혀 빠져나올 수 없는 나락으로 떨어지고 있었다. 세상 사람들은 싸늘한 오해의 눈빛으로 쳐다보면서 불행의 구렁텅이로 밀어 넣으려고 하겠지!

아들 녀석이 가정으로 돌아오라는 말을 남기고 문밖으로 나갈 때 동현은 깊은 고뇌에 빠져들고 있었다.

말쟁이들의 말만 믿고 지 애비를 똥 친 막대기로 취급하는 아들, 이제 너와 나의 인연은 이것으로 끝났다고 생각했다. 순수한 마음으로 도움을 준 여자인데 지 애비를 그렇게 몰랐을까? 몇십 년을 같이 살았는데 몰라도 너무 모르는 것 같아 가슴이 답답해 왔다. 지금까지 살아온 인생이 결코 부끄럽지 않다고 생각했는데 앞으로 이 일을 어찌하면 좋을꼬….

아들 녀석이 방문을 열고 어둠 속으로 사라지는 것을 보면서 몸에서 빠져나간 영혼은 돌아올 기미가 보이지 않았다.

아들 녀석이 외쳐대던 "엄마는 어떻게 할 거냐고!"

"아들아, 본처 버리고 잘된 놈 하나도 없다는데, 니 애비가 50년 동안 살아온 니 애미를 버릴 아빠로 보이더냐."

동현은 가슴이 무너져 내렸다. 선옥을 알고 지내면서부터 가정에 더욱 충실했었는데 지 엄마가 짐작만으로 말하는 입소문을 믿는 아들과의 인연은 이것으로 끝날 것이라는 불안감이 온몸을 휘감고 돌았다.

아들이 내뱉는 말에 깊은 상처를 받았지만, 동현은 여전히 무슨 일이 있으면 선옥에게 연락을 했고, 그녀는 말없이 산장 일을 도왔다. 그것은 동현의 성품이기도 하였다. 한번 약속은 반드시 지키고 세상을 진실하게 살아온 그에게는 허무하게 약속을 버릴 사람이 아니기 때문이었다.

동현은 생각의 미로에 들어갔다. 늙은 육신은 산장 연못가에 아름다운 미소를 살짝 띠고 앉아 있는 약사여래 부처님께 소원을 빌고 또 빌고 싶었다.

'부처님 한 가지 소원은 들어주신다면서요. 긴 세월 바른 길을 걷고자 노력했던 이 불쌍한 영혼이 5년의 행복을 약속했던 그 꿈을 꼭 이루도록 소원을 들어주세요. 그리고 가족들이 의심의 눈길을 거두게 하시고 다시 이 애비를 신뢰하게 하소서.'

마음속에서 그녀와의 약속이 잊혀지지 않기를 바라면서 세월은 강물 흘러가듯이 그렇게 지나가고 선옥의 골프 실력도 나날이 발전하고 있었다. 사실 운동 삼아 하는 것이지 프로 선수가 되려고 하는 운동은 아니었기 때문에 편한 마음으로 하루하루를 열심히 노력한다고 하는 것이 맞는 이야기일 것이다.

오늘도 조그마한 공이 하늘 높이 날아간다. 골프채를 잡은

손끝에 전해오는 가볍고 청량한 소리, 적당한 탄도로 날아가는 공을 바라보는 짜릿한 쾌감, 오늘따라 골프채에 잘 맞는 공을 보면서 선옥은 해맑은 웃음을 짓는다.

그녀가 골프를 배운 지 이제 3년째 접어들었다. 스포츠 중에서도 가장 어렵다는 이 운동을 늦은 나이에 배워서 즐기는 모습이 약간은 행복하다는 느낌이 드는 것도 같았다. 선옥이 함께 라운딩하는 사람들 모두가 구력이 이십 년 정도 되어 잘 치기 때문에 잘 못 치면 민폐를 끼치고 창피하다는 느낌이 드는 것 같았지만 잘 견디어 내고 있었다.

골프를 잘 쳤든 못 쳤든 푸른 잔디 위를 18홀 돌고 나면 온몸이 땀으로 젖는다. 시원하게 샤워하고 식당으로 향할 때는 너도나도 기분 좋은 웃음이 얼굴에 가득하기에 행복한 마음일 것이리라 생각해 본다.

누구나 마찬가지겠지만 작은 공 하나의 움직임에 따라 희비가 엇갈린다. 초보인 선옥은 기복이 심해서 주위 사람들의 눈살을 찌푸리게 하기도 하고 웃음을 자아내게 하기도 한다. 그러면서 골프의 경지에 도달하게 될 것이다.

골프도 그녀가 걸어온 인생처럼 만만치 않을 것이다. 여린 성격에 인생이 뿌리째 흔들리는 암초를 만나 무척 고생했다는 선옥이었다.

그 암울했던 시기를 벗어나기 위해 얼마나 많은 고통을 인내해야 했을까? 점점 커가는 아이들을 부족하지 않게 키워야 했고 먹고살기 위해 열심히 뛰면서 입은 상처로 인해 많은 눈물도 흘렸다고 한다.

살아남기 위해 발버둥을 쳤던 그녀를 신은 외면하지 않았고 다행하게도 수많은 고난을 이겨내고 성실하게 살아온 보람을 두 아이의 성공적인 삶에서 느낀다고 했다.

지금 그녀는 행복하다. 세상 살기가 지루하다 싶으면 동해, 서해, 남해로 여행도 다니고 골프라는 운동이 어려워 골프 인구의 십 분의 일밖에 할 수 없다는 보기 플레이(bogey play)도 이제 거침없이 하면서 세상을 즐기고 있다.

선옥은 말한다. 지금까지 꿈속을 헤매면서 살아왔던 것 같다고 했다. 이 행복이 죽을 때까지 이어가기를 바라면서 자기 인생에서 가장 아름답고 행복한 순간으로 하루하루를 보내고 있다고….

드디어 화양연화(花樣年華)가 시작된 것일까! 이제 그녀는 불행한 인생 여정에서 빠져나와 행복한 생활을 할 때가 된 것 같다.

인생의 쓴맛, 단맛을 모두 맛보았던 그녀의 눈동자 속에는 항상 우수에 젖은 듯 촉촉한 눈물을 머금고 있다. 마음속에 슬픔이 쌓이면 수시로 애처로운 눈빛으로 변한다.

누군가 자기를 싫어하는 것처럼 느껴지면 눈빛은 예리한 칼날처럼 경계 태세로 바뀐다. 그러다가 이내 깊은 절망과 고뇌로 침묵 속에 자신을 밀어 넣고 작은 몸집을 더욱 작아 보이게 웅크린다.

그녀는 그렇게 모나지도 두드러지지도 않게 있는 힘을 다해 뜨거운 열정으로 살아오며 겪었던 크고 작은 일 때문인지 웬만한 일이면 그러려니 받아들인다. 부드럽고 연약하지만 결정적인 일 앞에서는 깊은 내공에서 나오는 단호함도 엿볼 수 있었다.

행복도 불행도 모든 것은 영원하지 않고 곧 지나가게 된다는 것을 그녀는 이미 알고 있었다. 이제 어둡고 긴 터널을 벗어나 안정된 삶의 길을 걷기 시작한 것이 골프에 빠져든 시점이다.

오늘도 그녀는 푸른 잔디가 하얀 구름 아래 깔린 필드에서 공을 하늘 높이 쳐 올리며 즐거워한다. 옆에서 지켜보는 동현의 눈시울이 붉어진다. 선옥이의 행복해하는 모습에서 보람을 찾았기 때문이다.

골프공은 잘 맞다가도 어느 날은 전혀 안 맞기도 하는 것이 인생살이와 많이 닮아있다. 운동이 끝나면 무릎이나 허리가 아무리 아파도 행복한 하루를 보냈다고 감사해할 줄도 아는 여인이다.

좋은 일도 궂은일도 새옹지마라는 말처럼 일희일비하지 않으며 살면 된다는 그녀의 생각에 동현은 찬사를 보낸다.

선옥의 눈빛에선 슬픈 감정도 까칠함도 사라지고 본래의 부드러움과 따뜻함으로 바뀌었다. 그동안의 고난은 어디에서도 찾아볼 수 없다. 그녀를 잘 모르는 사람들은 고생이란 걸 한 번도 해보지 않는 사람처럼 밝아 보인다고 말하기도 한다.

그녀와 동현의 첫 번째 행복 만들기는 여행이었다. 태국, 미얀마 등 동남아 여행으로, 때로는 강원도 산골 마을을 찾아 여가를 즐기면서 정신적인 행복을 찾아다녔다. 두 번째는 골프에 심취해서 정신을 빼앗길 만큼 열심히 운동하고 거기에서 육체적인 건강을 찾는 행복이었다.

짧은 인생이다. 젊은 날 열심히 일했으면 노후에는 즐겁고 행복하게 사는 것이 바른길이 아닐까 생각한다. 아파서 병원에 누워있지 않으려면 운동도 열심히 하고 친구들끼리도 잘 어울리는 삶은 행복하리라. 늙을수록 어떤 누구와도 소통할 수 있어야 하며 매사에 감사하고 자연에서 피어나는 꽃 한

송이까지도 사랑의 눈길로 바라볼 수 있는 마음의 여유가
있어야 한다.

지금 자기 인생의 화양연화라고 말하는 그녀처럼 지나가
버린 과거에 연연하지 않고 열린 마음으로 즐겁게 남은 인생
을 마무리할 수 있는 능력을 가진 선옥, 앞으로 그녀에게 즐
겁고 행복한 날만 가득하기를 동현은 마음속으로 빌어본다.

세월은 쉬지 않고 흘러간다. 때로는 북풍한설에 쌩쌩 불
어대는 바람을 타고, 때로는 산 위에 걸터앉아 서서히 흘러
가는 구름을 보면서 그렇게 세월은 눈앞에서 빠르게 세상을
훔치며 시간은 사라져 가는 것이다.

선옥과 동현이 만난 지도 벌써 5년이라는 세월에 가까워
지고 있었다. 알뜰하게 보살펴주겠다던 약속의 시간이 문 앞
에 다가왔다. 여행과 골프로 그녀는 만족했을까? 그 물음에
오직 선옥만이 답을 보낼 수 있을 것이다.

"지금까지 너무나 과분한 시간들이었습니다. 이제 내일 죽
는다 해도 아무런 여한이 없을 것 같습니다."

말끝을 흐린다. 그녀는 사후세계를 생각하고 있는 것 같았
다. 죽어서 편히 쉴 안식처를 만들고 싶어 한다. 동현은 혼자
말로 지껄여 본다. 살아서 행복했으면 그걸로 만족해야지 죽
어서까지 행복하겠다고.

"선옥 씨, 인간은 죽으면 땅에 묻히거나 화장하여 한 줌의 재로 끝나는데 무슨 의미가 있나요."

"그래도 저는 반드시 사후세계가 있다는 것을 믿습니다."

"그렇다면 우리 한번 머리를 맞대고 생각해 봅시다."

선옥의 세 번째 행복 만들기가 시작되었다. 시골 마을에 멋있게 지어놓은 집 모퉁이에 30여 평의 땅을 마련하고 납골묘를 시공하는 석재공장과 협의를 거쳐 공사가 시작되었다.

이왕이면 예쁘게 만들어 그녀가 바라는 죽음 뒤, 조용한 안식처를 조성해 보고 싶었다. 우선 묘역의 터를 닦고 땅을 깊이 파서 유골함과 부장품을 넣을 석실을 만들었다. 그 위에 잡풀이 살지 못하도록 부직포를 덮고 경계석으로 사면(四面)을 마감한 뒤 조그마한 돌들을 보기 좋게 깔았다.

네 귀퉁이에는 연꽃 문양의 돌꽃으로 모양을 내고 음식을 차려 놓을 수 있는 상석을 놓았다. 그 앞으로 그녀가 이 세상에 살다 갔음을 알려주는 작은 묘비석도 새겨 놓았다.

'수필가 이선옥의 묘' 맑은 영혼과 소녀 같은 감성으로 수필집 『그리움』을 남겼다.

마지막으로 힘들이지 않고 묘역으로 올라다닐 수 있도록 10개의 돌계단을 만들어 놓고 주변에 흰색, 빨간색의 꽃 철쭉을 빙 둘러 심으면서 공사는 순조롭게 끝났다.

앞이 탁 트인 곳에 묘역이 조성되어 주변 지형과 잘 조화를 이루고 있다. 동현은 마음이 흡족했다.

누군가에게 즐거움을 줄 수 있다는 자신의 생각 때문에….

사후 안식처를 조성하는 과정을 쭉 지켜보고 있던 선옥의 눈빛이 맑아지면서 빛이 난다. 눈 속의 동공이 커지면서 얼굴엔 얇은 미소가 나타나고 있었다. 동현은 오직 그녀가 행복했으면 하는 마음으로 유심히 그녀를 바라볼 수 있었다.

"선옥 씨, 사후 안식처 만들어 놓으니까 좋아요?"

"그럼요, 이제 발 쭉 뻗고 눈감을 수 있어 더 이상 바라지 않아요."

그녀의 행복한 미소 뒤에는 지난날의 불행은 모두 묘지 속에 묻어버렸으리라 생각되었다.

이제 그녀와의 세 번째 행복 찾기도 끝이 난 것 같았다.

째깍째깍 시곗바늘은 계속 돌아가고 인생의 연륜도 해를 거듭하며 쌓여가고 있다.

그녀를 행복하게 해주겠다고 약속했던 5년이라는 길고도 짧은 세월이 거의 끝나갈 무렵 동현에게도 시련이 찾아왔다. 인생 나이 팔십이 지나면 정신이 흐려지고 병마에 시달리면서 여러 가지 고통을 당하게 된다.

동현의 곁을 지키던 선옥이 한마디 한다. 그 고통을 잘 이겨내야 또 다른 아픔이 왔을 때 잘 견딜 수 있다고….

약속했던 날들이 지나면 가슴 아픈 이별을 해야 할 텐데 어쩌면 그녀의 마음속에 더 큰 상처를 안겨줄지도 모르는 슬픈 이별이 되고 말아야 할 그 순간을 어떻게 보내야 할까? 그동안 쌓인 정 때문에 동현의 가슴속에 맺혀있는 선옥과 함께 공유했던 감정들을 매정하게 떼어버리는 것은 상상하기도 싫었다.

그렇지만 어쩌랴, 인간이란 만나면 반드시 헤어져야 하는 운명인 것을….

"선옥 씨, 약속했던 5년이 훌쩍 지나가 버렸네."

"너무 빨리 흘러가버렸군요. 꿈속처럼 행복하게 살아온 시간들이었습니다."

"앞으로 어떻게 했으면 좋을까?"

"알아서 하세요."

선옥의 눈에 이슬이 맺히는가 싶더니 금방 눈물방울이 되어 볼을 타고 흐른다. 그동안 그녀를 위해 아낌없이 주었던 정을 거두어들여야 한다. 그리고 마음고생이 많았던 애들 엄마에게 돌아가야 한다는 생각 때문에 고뇌의 시간 속에서 눈물을 머금어야 했다.

선옥의 본 남편 이민우와의 인연 때문에 그녀의 불행했던 인생길에 조금이나마 즐거움을 안겨 주고 싶었던 동현.

그녀와 약속했던 5년 전 그날, 진정으로 감싸 안아주고 싶었던 그 마음이 주마등처럼 머리를 스치고 지나갔다.

"선옥, 우리가 약속했던 시간이 모두 흘러가 버렸지만 죽을 때까지 함께했던 시간들을 잊지 않을게."

동현의 가슴속에는 그동안 선옥과 지냈던 세월이 고스란히 남아서 강물처럼 무심히 흘러갈 것이다.

동현은 마음속으로 중얼거려본다.

"미안해. 죽을 때까지 행복하게 해주지 못해서 정말 미안해."

"괜찮아요. 저는 충분히 행복했답니다."

선옥이 이렇게 대답하는 것 같았다.

그녀와 웃으면서 이별해야 한다는 평소의 믿음대로 비록 눈가에 이슬 맺힌 눈물의 헤어짐이겠지만 수많은 미련을 남기고 동현의 곁을 떠나보낼 수 있다는 것이 또 다른 행복이었다.

이슬 맺힌 까만 눈을 보면서 헤어져야 할 운명, 헤어진 뒤에도 인생을 즐기면서 살아가기를 비는 동현의 마음을 그녀는 알고 있을까?

동현과 선옥은 서로 헤어져도 앞으로 가끔 만나 골프 운동쯤은 같이 할 수 있을 것이라는 생각을 하면서 그렇게 인생을 마감하는 것도 나쁘지는 않을 것이라는 마음으로 5년을 마무리 짓기로 했다.

그들은 처음 만나 마음이 설레던 동호해수욕장 모래사장에서 하얀 물보라를 일으키며 밀려오던 파도를 얼마나 가슴 설레며 바라보았던가! 그 파도는 오늘도 거침없이 밀려오고 있을 것이다.

인생길에 굴곡진 삶의 언덕을 올라갔다. 내려가는 깊숙한 골짜기가 되어 마음을 아프게 한다. 이제 서로를 잊어야 할 시간이 찾아온 것이다.

"선옥 씨, 5년 동안 웃게 해주고 싶었는데…."

동현은 말끝을 맺지 못하고 꽉 막혀 버린 가슴속에 '이별'이라는 단어를 묻고 싶었다.

"동현 씨, 아름다운 마음을 아낌없이 주셨던 내 인생의 5년이 정말 꿈만 같았습니다. 내 인생에 다시는 오지 않을 화양연화의 시절이었습니다."

그녀의 가슴속에는 눈물이 강이 되어 깊은 골짜기를 흐르는 것 같았다.

그리고 그녀는 마음속으로 조용히 소리쳐 본다. 5년의 행복보다는 지금 이별해야 하는 상처가 너무 아프다고….

얄궂은 인연

여름 햇살이 뜨겁게 내리쬐는 한낮이다. 아스팔트 길이 높은 열기에 녹아내릴 것 같은 오후 시간이었다. 평소에는 인파로 북적거릴 거리가 더위 때문에 한산했다.

동철은 요즘 직장 일로 스트레스를 받아 지칠 대로 지친 몸을 이끌고 사람들이 북적거리는 곳을 무조건 걷고 싶었다. 상의 옷을 벗어 왼쪽 팔에 걸치고 지나가는 사람들의 표정을 살피면서 느릿느릿 가장자리로 걸어갔다.

즐비하게 늘어선 상가에선 선풍기나 에어컨을 틀어놓고 더위를 견디고 있는 모습들이 힘들어 보였다. 요즘 들어 그는 얄궂은 인연 때문에 정신적으로 고뇌에 빠질 때가 많다. 먼 친척뻘 되는 사람이 갑자기 직장으로 찾아와서 세상을 헛살았다고 신세 한탄을 하면서부터다.

"혹시 동철이 아닌가?"

"네, 맞는데요."

나이가 많아서 아랫사람에게 반말하는 것은 좋지만 잘 알지도 못한 사람이 품위 없게 말하는 것은 썩 기분 좋은 일은 아니었다.

영감님은 보자마자

"내가 아는 종친한테 부탁해서 찾느라고 힘들었네."

"그래요, 무슨 일로 찾았는데요."

"오늘은 처음 보았으니까 다시 만나서 이야기하세. 다음엔 집으로 갈게."

아닌 밤중에 홍두깨라고 처음 만나 잘 알지도 못하면서 찾아와서 자기 혼자 할 말 다 하고 다음에 보자고 홀쩍 가버린다.

어떻게 사는 곳을 찾았는지, 직장은 어디서 알았는지, 모든 것이 알 수 없는 일이었다. 나이로 봐서는 손위 어른이 맞긴 한데, 황당하기가 이루 말할 수 없었다. 무슨 인연이 있길래 수작을 걸어오는지 궁금하기 시작했다.

며칠이 지난 후 일요일, 모처럼 집에서 휴식을 취하고 있었다. 동철의 집은 큰 도로에서 좁은 골목길로 들어와 왼쪽으로 꺾으면 막다른 곳에 나무로 만든 대문이 나타나고 문을 통과하면 좁은 땅에 허름한 기와집이 쓰러질 듯이 서 있는 수십 년의 세월을 버틴 옛날 집이다.

그곳에서 아내와 일곱 살 된 큰딸, 다섯 살 된 둘째 딸, 그리고 이제 막 태어난 아들, 이렇게 오붓하게 살아가고 있었다. 비록 좁은 상하방에서 월세살이를 하고 있지만 행복했다.

아내는 부엌에 들어가면 쥐가 돌아다니고 쥐이가 득실득실하는 부엌을 제일 싫어한다면서 좋은 곳으로 이사를 가자고 매일 볶아 대지만 동철의 적은 월급으로는 엄두도 내지 못하고 있을 때였다. 오늘도 아내는 신세 한탄을 한다.

"효진 아빠, 나 이 집에서 하루도 못 살겠어요."

즐겁게 쉬어야 할 휴일인데 또 시작이다. 아침에 밥하면서 쥐이에 물려서 몸이 가렵고 고통스럽다고 하소연한다.

"조금만 더 참아봐."

"더 이상 참기가 어려워요."

"그래도 이 집이 직장도 가깝고 좋제."

마음속으로는 고생시키는 것이 미안하고 무능한 자신을 한탄하지만 어쩔 수 없는 현실이었다. 고생하는 아내를 조금이라도 위로해 주고 싶었다.

"오늘 애들 데리고 나가서 자장면이라도 먹을까?"

"그래요. 아이들 바람도 쐬어줄 겸."

올망졸망한 애들을 데리고 막 대문을 벗어나려고 할 때 며칠 전에 보았던 영감님이 집 안으로 들어오고 있었다. 처음 만났을 때는 잘 몰랐는데 오늘 보니 나이가 70세쯤 되어 보이는 노인네였다. 옷은 추레하게 입었는데 그에게서 풍기는 인품은 초라하게 보이지는 않았다.

"영감님, 우리 집을 어떻게 찾았어요."

"종친한테 물어서 찾았다고 했잖아."

그의 왼손에는 검은 비닐 봉투가 들려 있었다.

어린애들이 있을 거라 생각하면서 과자 봉지를 들고 온 것이다.

"이거 애들 먹으라고 주어."

"그냥 오셔도 되는데 무얼 사 오셨어요."

평소 남에게 얻어먹는 걸 싫어했던 동철은 기분이 썩 내키지 않는 웃음을 지어 보였다.

"지금 애들하고 막 나가려고 하는데요."

"그래 그럼 갔다 와야제."

두말도 하지 않고 뒤돌아서서 나가는 뒷모습에서 약간 측은하고 성격이 강직한 사람일 것이라는 생각이 들었다. 영감님은 무슨 사연이 있어 이렇게 찾아다니는 것일까! 의문을 갖고 아이들과 집 밖으로 나왔다.

조그마한 상하 방에 갇혀 살던 애들이 무척 좋아했다. 큰 길에는 사람들도 많이 다니지만 차들도 요란한 소리를 내며 쌩쌩 달리고 있었다. 애들 엄마가 한마디 한다.

"쉬는 날 이렇게 바람 쐬러 나오니까 애들이 좋아하는 거 봐요."

"좋은가 보네."

동철은 짧게 대답하고 큰딸과 작은딸의 손을 잡았다. 아직 젖을 먹는 아들은 지 애미가 등에 업고 길을 걷는다. 직장생활이 바쁘긴 하지만 가끔 이렇게 휴일을 즐기는 것도 괜찮겠다고 생각했다.

아들은 엄마 등 뒤에서 잠이 들었고, 딸들은 아빠의 오른팔과 왼팔에 매달려 엄청 즐거운 표정이다.

집에서 가까운 중국 음식점에 들어갔다. 넓은 식당에 많은 사람이 북적거리고 있었다.

잠든 애를 깨우고 자장면을 시켰다. 큰딸이 처음 보는 음식이라 관심이 많다.

"아빠, 엄청 맛있네."

"그래, 맛있으면 많이 먹어라."

모처럼 먹어 보는 중국 음식은 별미가 되었다. 행복한 하루였다. 월세방에 살면서 애들과 꿈같은 하루를 보낸 것이 처음이다. 집으로 가는 길은 발걸음이 가벼웠다. 오랜만에 아이들에게 애비 노릇을 한 것 같았다. 옆에서 무심히 걷던 애들 엄마가 한마디 한다.

"효진아빠, 모처럼 나왔으니 어디 들려 구경이나 하고 들어가요."

그냥 집으로 가기가 아쉬웠던 모양이다.

"어디 갔음 좋겠어?"

동철은 통명스럽게 묻는다. 적은 월급으로 빠듯하게 살고 있는데 어디 가서 무엇을 하자는지 불안했기 때문이다.

"백화점 구경이라도 해요."

"돈이 없어 사고 싶은 거 있어도 못사는데 뭐 하러 가자고 그래."

"아빠, 심심한데 구경하고 가."

어린 딸이 재촉한다. 백화점에서 물건도 구경하고 사람 냄새도 맡으러 가자고. 더 이상 고집을 부리지 못하고 발길이 그곳으로 향했다. 백화점에는 많은 사람이 운집해 있었다.

옷가게, 어린이용품, 잡화 등 다양한 상품들이 쌓여 딴 세상에 온 것 같았다.

사람은 좋은 것을 보면 갖고 싶어 하는 욕망이 본능적으로 발동한다. 예쁜 옷을 본 큰딸이 눈독을 들인다. 사주고 싶은 마음은 굴뚝같지만, 가진 돈이 없다.

"얘들아, 집에 가자 더 크면 사줄게."

그렇게밖에 말할 수 없는 애비 마음이 몹시 초라하고 아팠다. 쥐꼬리만 한 월급으로는 그럴 여력이 없다. 남의집살이를 하면서 백화점에 구경 온 것부터가 잘못이었다. 집으로 돌아오는 발걸음이 무거웠다.

월요일 출근길에 올랐다. 걸어서 10분이면 도착할 수 있는 곳이 직장이다. 동철은 주일의 첫날은 언제나 근무 한 시간 전에 도착해서 일주일의 할 일을 정리하는 것이 몸에 배어 있었다.

9시쯤 문을 열고 들어오는 영감님이 반갑게 웃는다. 벌써 세 번째 만남이다. 궁금했다. 무슨 일이 있어서 그렇게 뜸을 들이는지….

책상 옆에 의자를 밀어 놓고 앉게 한 뒤 무슨 일이 있는지 물었다.

"무슨 일로 오셨어요?"

"어려운 부탁 때문에 왔제. 민원 사항이니까 잘 좀 봐주어."

"말씀해 보세요."

그분은 조용하게 자기가 원하는 것이 무엇인지를 또박또

박 이야기한다.

선친묘소가 오랜 세월이 지나면서 인접 밭 주인들이 묘역 주변을 깎아 농작물을 심으면서 봉우리만 달랑 남아서 조상 님들에게 죄를 짓고 살아간다고 했다.

묘지를 원상대로 복구하고 싶다는 것이 민원 사항이었다. 해결하기가 어렵지는 않지만 현지에서 인접 토지 소유자의 의견도 들어야 할 것 같았다.

"영감님 현지에 가서 묘지 주변 사람들을 만나야 해결할 수 있을 것 같네요."

"그럼 가봐야제. 언제쯤 갈 건가?"

"사흘 후 이리 오세요. 저와 같이 가게요."

현장에서 만나기로 약속해도 되겠지만 그분이 택시비와 버스비 등 경비가 들것 같아 사무실로 오도록 한 것이다.

그동안 세 차례 만나면서 친척 같은 생각이 들기도 해서 이왕이면 출발을 같이했으면 하는 마음에서였다.

2.

　사흘 후, 아침 일찍 사무실 문을 열고 들어오는 영감님의 얼굴이 밝게 빛이 난다. 무엇이 그렇게 좋은지 활짝 웃는 모습에서 사무실 동료들도 기분 좋은 하루를 여는 것 같았다.

"출발해 보실까요?"

"그래, 일찍 가서 묘역을 보고 싶네."

　사무실 앞에서 택시를 잡아타고 버스 터미널로 향했다. 영감님은 금방이라도 문제가 해결된 듯 연신 싱글벙글이다.

　버스가 출발하고 우리는 차창 밖을 바라보면서 그분의 선친묘소를 향해 달리기 시작했다.

　도심을 지나자 농촌 풍경이 시야에 들어왔다. 멀리서 농부들이 밭을 갈고 비료를 주며 농사일을 열심히 하는 것을 보면서 농민들의 하루하루가 몹시 힘들겠구나 느낄 수 있었다.

　가로수는 휙휙 스쳐 지나가고 시간도 쉬지 않고 우리 곁에서 멀어지고 있었다. 한 시간쯤 달려왔을까? 시골 마을이 나타나고 차에서 내렸다.

　그곳에서 30분을 걸어야 하니까 미안한 생각이 들었을까! 서너 발 앞에서 불편한 다리로 성큼성큼 걷기 시작했다.

동철은 앞서 걸어가는 영감님을 보면서 괜히 기분이 울적해진다. 언젠가는 내 인생도 저분처럼 늙어서 걸음걸이가 불편하게 될 날이 오겠지.

먼 미래를 생각하면서 잠시 어두운 생각에 잠긴다. 십 분쯤 걸었을까? 나이 든 영감님이 숨을 헐떡인다. 걷기가 불편한 모양이다.

"영감님, 걷기가 불편하세요?"

"아직은 괜찮아."

"걸음걸이가 불편해 보이시는데요?"

"걱정하지 말고 부지런히 걷자고."

아직도 목적지까지 갈려면 이십여 분이 남아서 무슨 말이든 대화를 하면서 가는 것이 좋을 것 같았다.

길을 걸으면서 이야기라도 하면 먼 길도 고된 줄 모르고 빨리 갈수 있기 때문이다.

"영감님은 젊었을 때 무슨 일 하셨어요?"

"그럭저럭 보냈어."

자기의 젊은 시절을 말하기가 곤란했을까? 잠시 머뭇거리더니 이내 입을 열었다.

"젊었을 때 종교에 빠져서 정신없이 살았어."

"어떤 종교에 빠졌는데요?"

"거기까지는 말하기 싫어."

과거를 묻는다는 것은 예의가 아닌 것 같아 더 이상 묻지 않기로 했다. 이야기하면서 걷다 보니 현장에 도착했다. 주위에는 밭을 경작하는 사람들이 옹기종기 모여서 묘지 경계 다툼이 어떻게 끝날 것인가 관심을 두고 지켜보고 있었다.

묘역은 많은 세월이 지나면서 사방에서 파고들어 와 동그란 봉우리만 남아 우스꽝스러운 모습으로 지금까지 자리를 지키고 있었다.

현지에서 인접 토지 소유자들의 의견을 듣고 도면에 묘지의 경계를 표시하며 설명해주었다. 그리고 묘지를 훼손했던 밭주인들이 그것을 인정하면서 민원사항은 별다른 문제점 없이 해결되었다.

노인의 얼굴이 환하게 밝아졌다. 웃음 띤 모습에서 조상들에게 이제는 부끄럽지 않게 되었다는 표정을 짓고 있었다.

"영감님, 묘역 주변이 넓어졌는데 마음에 드세요?"

"이제 됐어. 선친에게 얼굴을 들 수 있게 되었네."

"오늘 고생하셨어요."

"아니야. 일을 도와준 자네가 고생했제."

이렇게 영감님의 민원 사항은 깔끔하게 해결되었다.

"광주까지 모셔다드릴게요."

"고맙네, 고생도 많았고."

왔던 길로 되돌아갈 때는 발걸음이 가벼웠다. 걸어서 30분, 시골길 옆 버스정류장에서 기다리는 시간 10여 분이 지난 뒤 버스에 올랐다. 집으로 돌아가는 길은 마음이 흐뭇했다.

아이들과 정을 줄 수 있는 가족이 있다는 것이 새삼 감사했다. 무심히 창밖을 주시하고 있던 영감님이 심심했던지 이야기를 시작한다.

"자네 선친은 무슨 일을 했는가?"

갑자기 집안 사정을 물어 오는 것이 부담스러웠다.

"공직에 있었어요."

"어떤 공직인데?"

"시골 읍사무소에 다녔어요."

"고향이 어딘데?"

"장성읍입니다."

"그런가? 내 동생도 거기에 살았는데."

"그럼 영감님도 어릴 적 장성에 살았겠네요?"

우연의 일치라고 하던가! 고향의 먼 일가 친척뻘 되는 사람으로 그동안 일본에 살아서 소식이 끊긴 집안 어른이라는 생각이 들었다. 어릴 때 고향을 떠나 외국에서 고생도 많이

했다고 한다.

일본에는 한국 사람이 많이 살고 있으며, 우리나라가 남쪽과 북쪽이 갈라져 있듯이, 북한 쪽에 가까운 '조총련'과 남한 쪽에 가까운 '민단'이 사상적으로 나누어져 서로 싸우며 살아간다고 했다.

동철은 고등학교를 졸업할 무렵 경찰관들이 집으로 찾아와서 친척 중 일본에 살고 있는 사람을 알고 있느냐고 물었던 기억이 떠올랐다. 어렸을 때 일이라 정확하게 생각은 나지 않지만, 누군가 조총련에 있으면서 북한에 협조하는 사건이 있지는 않았을까 추측해 보았다.

혹시나 하고 물어보고 싶었다.

"영감님, 혹시 일본에 계실 때 조총련 활동하셨어요?"

"그건 왜 물어?"

"궁금해서요."

"조금 했어. 그땐 사상이 약간 달라서."

"우리 집안에서 그런 사람이 있다고 어릴 때 경찰이 조사해 간 적이 있거든요."

동철은 영감님이 그 사람이 맞는지 확인하고 싶었지만 마음속에 간직해 두기로 했다. 얄궂은 운명인 것 같았다.

진보정권이 들어서면서 북한과 사이가 좋아져서 남한의

대통령이 북한의 최고지도자인 국무위원장과 만나 서로 화해하고 좋은 사이로 지내고 있으니까 화해 무드지만, 그때는 일본에서 조총련과 민단이 서로를 미워하면서 정치적으로 혼란했던 시기였다.

일본에서 종교에 미치고 사상에 흔들리면서 결혼도 못 했다는 영감님이 측은하게 생각되었다.

"왜 그런 단체에서 활동하셨어요?"

"그때는 그렇게 하는 것이 조국을 위해서 최선인 줄 알았기 때문에 그랬지."

"지금의 생각은 어떠세요?"

"한국에 나와보니까 내가 잘못 생각했다는 것을 깨달았어."

"어떤 면이 북한과 다른데요?"

"와보니까 잘 살지는 못해도 자유가 있더라고."

"어떤 자유인데요?"

"지금 내가 하고 싶은 거 다 하고 있잖아."

그분과의 대화에서 많은 것을 생각하게 했다.

영감님은 행복할까? 가족이 없으면서 진정 세상 사는 맛을 느끼고 있을까? 어쩌면 경제적으로 아무것도 할 수 없는 나이에 곤궁하지는 않을까? 살짝 염려되었다.

처량하게 혼자 살아가는 노인을 보면서 주름 잡힌 얼굴 어딘가에 슬픔과 고뇌가 가득 배어 있다는 생각이 들었다.

버스는 곧 도착한다. 내려야 할 곳에 내리면 그분과는 헤어져야 한다. 다시 만나기는 어려울 것이다. 늙은 영감님은 기다리는 가족도 없을 텐데 어디서 사시는지 궁금했다.

"영감님 현재 어디에 살고 계시나요?"

"알아서 뭐 하게?"

말하면 자존심이라도 상한다는 듯 내뱉은 말이 짜증스러워 보였다. 말하고 싶지 않다는 표정이다. 동철은 어디서 살고 있는지 궁금해서 꼭 알아야겠다는 생각으로 강한 어조로 물었다.

"이렇게 만난 것도 인연 아니겠어요. 알려주세요."

"알고 나면 마음이 안 좋을 건데."

"그래도 알려주세요."

"학동에 있는 노인복지시설이야."

노인복지시설에 계신다고… 예상은 했었지만 국가에서 먹여주고 재워주는 곳에서 결코 편안하지만은 않을 것 같았다.

"한번 찾아뵙겠습니다."

"뭐 하러 와 험하게 살고 있는디."

영감님과의 대화는 이렇게 끝났다. 인사말처럼 했지만 꼭 한번 가보고 싶었다. 고된 하루 일정이었지만 집으로 들어가는 마음은 한결 가벼웠다. 어린 딸과 아들이 아빠를 기다리고 있으니까! 가족이 있다는 것은 행복한 일이다. 비록 비좁은 상하방이지만 사랑하는 애들이 반갑게 맞아줄 테니까 마음은 언제나 기쁨으로 가득 채워져 있었다.

네 살 된 아들 녀석이 재롱을 피운다. 아빠 어서 오라고. 오늘 하루 고달픔이 비누 거품 녹듯이 사라진다. 세상은 이런 맛으로 살아가는 것이구나 새삼 느끼게 하는 순간이다.

며칠 후, 영감님이 말해준 복지시설을 찾았다. 약간의 먹을거리를 손에 들고, 관리실 직원이 무슨 일로 왔느냐고 통명스럽게 묻는다.

"여기 문재경 씨라고 영감님 계시지요?"

"앉아 계세요. 이곳으로 오시도록 할게요."

잠시 뒤 불편한 걸음으로 사무실로 들어오는 그분의 표정이 밝지는 않았다.

"뭐 하러 왔어?"

"어떻게 사시는지 궁금해서요."

"사람 사는 거 다 같지."

이제 앞으로 살아계실 날이 많지 않은데 노인복지시설에서 외롭게 생활하시는 것이 너무 측은 했다.

하지만 남의 집 셋방에서 사는 사람들도 비슷한 처지인데 부끄러워할 일도 아니라는 생각이 들었다.

동철은 이제 영감님과의 인연은 이것으로 끝내고 싶었다.

셋방살이 주제에 도와줄 형편도 못 되는데 인연을 이어갈 수는 없을 것 같았다.

"안녕히 계세요. 아프지 말고 오래 살구요."

"자네도 행복하게 살어. 애들 잘 가르치고."

"그렇게 할게요."

"잘 가."

홀로 계시는 노인을 두고 그곳을 떠나면서 울컥 눈물이 나올 것 같았다. 인생이 가진 돈도 없고 자식들도 없으면 저렇게 되겠구나. 비참한 최후가 될 것이라는 느낌 때문에 가슴이 쓸쓸했다. 차라리 안 보고 지나쳤더라면 더 좋았을 것이라는 생각도 해보았다.

영감님과 헤어진 뒤 집으로 돌아오는 길은 발걸음이 무거웠다. 아직 젊은 나이지만 동철의 인생도 저런 길을 걷게 되지 않을까 걱정이 되었기 때문이다.

어린애들은 하루가 다르게 커가고 월세방 좁은 곳에도 옷음과 행복이 넘친다 인생 사는 것, 이 정도면 되지 않을까!

동철은 가족과 함께 만족하며 살고 있는 자신은 좋지만, 불쑥불쑥 쓸쓸하게 노인복지 시설에서 살아가는 영감님 생각이 떠나지 않았다.

그분과는 정말 이상하리만큼 잘못 얽힌 인연일까? 얄궂게 맺어진 인연의 끈을 놓아야만 할 것 같았지만 가슴 속 어딘가에 그분을 향한 마음이 떠나지 않았다.

3.

아내와 어린 자식들과 잘살고 있는 자신은 행복했지만 홀로 생활하시는 영감님이 돌아가신 부모님을 떠올리게 해 며칠 밤을 뜬눈으로 지새울 때가 많았다. 옷깃만 스쳐도 인연이라고 하는데 그분의 생각을 쉽게 떨쳐 버릴 수가 없었다.

불행하게 살고 있는 사람들이 주변에 많지만, 초라한 영감님의 뒷모습은 지워지지 않았다.

한 달쯤 시간이 흘러갔을까? 여름 햇빛이 유난히도 따갑게 느껴지던 일요일, 아이들이 심심하다고 밖으로 나가자고 졸라댄다.

"아빠, 공원에라도 놀러 가~"

"집에서 놀아도 되는데 뭐 하러 나가니."

아직 어린 아들 녀석이 응석을 부리고 딸들이 옆에서 거든
다. 옆에서 지켜보고 있던 아내가 한마디 한다.

"애들이 얼마나 나가 놀고 싶겠어요."

"그럼 너희들 바람만 쐬고 돌아온다."

할 수 없이 다섯 식구가 집 근처에 있는 공원으로 나들이
를 나갔다. 이왕 외출한 김에 점심이라도 먹어야 할 텐데, 요
즈음 주머니 사정이 좋지 않아 부담스러웠다. 나무 그늘 밑
에서 쉬고 있는데 아들 녀석이 배가 고프다고 칭얼거린다.
아직 어린애라 느낀 대로 자기 생각을 말하는 녀석의 입을
보면서 주머니에 들어있는 적은 돈으로 다섯 식구가 먹을
수 있는 음식은 중국집 자장면밖에 없었다.

"애들아, 자장면 먹으러 가자."

큰딸이 한마디 한다. 아빠는 맨날 그것밖에 모르냐고. 외
출할 때마다 중국 음식만 먹으니까 재미가 없다고 한다. 비
싸고 맛있는 음식을 못 사주는 애비의 마음을 몰라주는 자
식들이 섭섭했다.

하지만 어쩌랴. 지금 있는 돈으로는 그것밖에 먹을 수 없는 것을.

"아빠 돈 많이 벌면 맛있는 거 사줄 게. 오늘은 자장면 먹어."

옆에서 보고 있던 아내가 애들을 달랜다.

"얘들아, 아빠 돈 없응께 오늘은 자장면 먹자."

맛있는 거 먹자던 어린것들에게 부끄럽고 미안한 마음이 들었지만 어쩔 수 없었다. 공원에서 내려와 길가에 있는 중국식당을 찾았다. 문을 열고 들어가니 음식 냄새가 후각을 자극한다. 동그란 식탁에 다섯 식구가 둘러앉았다. 어린것들은 싸구려 음식이라도 먹는 것이 즐겁다는 표정이다. 잠시 시간이 흐른 뒤 음식이 나왔다.

"얘들아, 맛있게 먹자."

자장면을 반쯤 먹었을까!

큰딸이 궁금한지 동철에게 묻는다.

"아빠, 저번에 우리 집에 왔던 할아버지 보고 싶어."

"왜, 또 과자 사 오실까 봐?"

"아니야, 그냥 보고 싶어서 그래."

"우리 시간 나면 한번 뵈러 가자."

점심을 먹고 집으로 돌아오는 길은 발걸음이 가벼웠다. 애들이 만족하지는 않았겠지만 그런대로 즐거운 하루를 보냈다는 생각이 들었기 때문이었다.

동철은 바쁜 직장생활을 하면서도 머릿속에서 떠나지 않는 영감님의 환상을 잊고자 노력해 보지만 어쩐 일인지 자기의 의지와는 전혀 다른 방향으로 가고 있었다.

인연의 끈을 놓아버리고 싶은데 그것이 마음대로 되지 않는다.

한 달쯤 시간이 흘러갔을까! 큰딸이 말을 걸어온다.

"아빠, 할아버지 언제 만날 거야?"

"시간 있을 때 보자."

"빨리 보고 싶다."

애들은 왜 영감님을 보고 싶어 하는 걸까? 전생에 무슨 인연이라도 있는 것일까? 수많은 생각이 들었다.

시간은 계속 흐르고 가을이 왔는가 싶더니 금방 하얀 눈이 내린다. 없는 사람들에게는 겨울은 더욱 춥고 을씨년스럽다.

이 추운 겨울에 영감님은 어떻게 계실까? 복지시설이 좋아서 난방이라도 잘되면 좋으련만, 혼자 살면서 옷은 따뜻하게 입고 추위를 견디고 계실까! 국가에서 운영하는 시설은 대부분 환경도 열악할 텐데 고생을 많이 하지 않을까 걱정이 되었다.

    한해가 훌쩍 지나가고 봄이 찾아왔다. 많은 시간이 흘러 잊을 만도 한데 못 잊는 것은 가족도 없이 불행하게 살아온 영감님의 인생 여정이 애처롭게 느껴져서일 것이다.

    불두화가 복스럽게 피는 계절 오월, 어버이날이 찾아왔다. 그동안 동철도 애들도 많이 보고 싶어 했던 영감님, 온몸에 긴 세월의 흔적을 남기고 살아온 노인네의 삶을 알고 난 뒤 애잔한 마음이 항상 가슴속에 각인되어 잊어버릴 수 없는 인연이 되어 버린 어린애들의 할아버지. 어린것들은 무엇에 이끌려 그분을 찾는지 이해하기 어려웠다.

    어버이날, 우리 가족 모두 복지시설로 영감님을 찾아갔다. 카네이션 한 송이와 먹을 것을 조금 사서 살고 계시는 방에 넣어드리고 싶었다.

    "그동안 잘 계셨어요? 진즉 한번 찾아뵙는다는 것이 늦었습니다."

    "바쁜데 뭐 하러 왔어."

    애들이 영감님의 손을 잡고 좋아한다. 마치 친할아버지인 것처럼,

    "영감님, 오늘 어버이날이라 찾아왔습니다. 애들도 보고

싶다고 가자고 해서요."

"고맙지만 흉한 꼴 보이고 싶지 않았는데."

"사람 사는 꼴은 다 같아요. 흉하긴요."

이때 아들 녀석이 응석을 부린다.

"할아버지, 가슴 내밀어봐. 꽃 달아 드릴게."

"아이구, 이쁜 것 잘 있었니?"

꽃을 가슴에 달고 먼 허공을 주시하는 영감님, 눈은 이미 촉촉한 눈물로 젖어가는 것 같았다. 동철은 어떤 모습으로 살고 있는지 방으로 찾아가고 싶었지만 극구 사양하는 노인네의 마음을 이해하기로 했다.

오늘 하루쯤 행복하게 해드리고 싶었는데 우리 가족들의 마음을 알고 계실까!

후줄근한 옷차림에 주름살이 깊게 파인 얼굴을 보면서 짠한 마음에 가슴이 아파왔다.

지금까지 영감님이 인생을 불행하게 살아온 단면을 보는 것 같아서 쓸쓸했다.

"애들도 좋아하니까 나가서 점심이나 같이하게요."

"신세 지고 싶지 않구만."

말은 그렇게 해도 표정은 밝아 보이는 것이 싫지는 않은 것 같았다. 동철은 영감님을 모시기 위해서 그동안 모아두었던 돈을 오늘 같은 날 아낌없이 써야 한다고 생각했다.

어쩌면 마지막이 될지도 모를 만남이라는 생각에 고급식당에서 맛있는 음식을 대접하고 싶었다.

노인복지시설에서 얼마 떨어져 있지 않은 제법 큰 식당을 찾았다.

"영감님, 식사는 어떤 걸로 드시고 싶으세요?"

"아무거나 먹지."

애들은 모처럼 규모가 큰 식당에서 식사하게 된 것을 재미로 알고 떠들어 댄다.

"아빠, 오늘은 고기 먹어."

그동안 고기 한번 못 사준 것이 미안한 마음으로 가슴속에 안개처럼 가라앉는다.

"영감님, 애들이 고기 먹자고 하는데 어떻게 할까요?"

"그렇게 해. 나도 고기 먹고 싶어."

"그럼 불고기 백반으로 시키겠습니다."

영감님과 우리 가족은 모처럼 맛있는 식사와 행복한 웃음으로 즐거운 하루를 보냈다. 노인네를 위한 하루였는데 그리고 어버이날이라 더 특별한 의미가 있었다고 생각했지만, 그분은 어떻게 생각했는지 알 수 없었다. 그러나 우리 가족 다섯 사람은 말로 표현할 수 없는 행복을 누린 것 같았다.

식사가 끝나고 복지시설로 모셔다드리면서 부디 남은 인생을 즐겁고 오래오래 건강하게 보내시기를 마음속으로 빌었다.

영감님과 즐거운 하루를 보냈던 어버이날이 지나고 한 달쯤 되었을까? 일주일의 쌓인 피로를 말끔히 씻고 편히 쉬고 싶은 일요일이었다.

마당에 쌓인 쓰레기를 치우고 있던 동철은 대문 밖에서 서성거리는 사람의 인기척을 들었다. 집에 왔으면 들어와도 될 텐데 선뜻 안으로 들어올 수 없는 이유가 무엇인지 그리고 누구인지 궁금했다.

누굴까 생각하며 문을 열자 검은 비닐봉지를 든 영감님이 도둑질하다 들킨 사람처럼 안절부절못하고 서 있다가 동철을 보고 빙그레 웃는다. 찾아온 것이 미안해서일까!

"뭐 하고 계세요. 들어오세요."

"미안해서 그래."

"무엇이 미안해요? 애들도 좋아하는데."

이제 인생의 마지막을 보내는 노인의 주름진 얼굴에서 삶에 찌든 아픈 상처를 보는 것 같아 마음이 아파왔다.

마루에 앉자 애들이 우르르 몰려나와 영감님의 무릎과 가슴에 안긴다.

"할아버지, 왜 이제 왔어!"

"너희들 보고 싶어 왔다. 이거 먹어라."

복지시설에 살면서 무슨 돈이 있다고 과자를 사 왔는지 마음이 짠하면서도 먼 옛날 어릴 적 할아버지가 주시던 과자 생각을 해본다.

"누추하지만 방으로 들어오세요."

"괜찮아 이제 애들 보았으니까 가야지."

"놀다가 점심 드시고 가세요. 여기까지 오셨는데 점심 식사는 하고 가셔야지요."

"애들 봤으니까 됐네. 갈 테니까 나오지 말어."

조그마한 상하 방에 오글오글 살고 있는 동철의 가정생활이 보기에도 편하지 않았던 모양이다. 식사라도 하고 가셔야 마음이 편할 텐데 그냥 가시겠다고, 어린애들도 할아버지가 좋은지 한사코 놀다 가라고 졸라대지만 머물고 싶은 생각은 없는 것 같았다. 동철은 마음속으로 생각해 보았다. 지금 앞에 서 있는 노인네는 가족의 사랑이 그리운 것이다. 사랑을 주고 또 받고 싶어 이곳에 찾아오는 것을 얼마나 고심했을까!

"영감님, 이거 얼마 되진 않지만 용돈으로 쓰세요."

"직장 생활하면서 적은 월급으로 애들 키우느라 힘들 텐데 무슨 돈을 주는가?"

"이 정도는 드릴 수 있어요."

노인을 보내드리면서 우리 가족들은 모두 서운해했다. 동철은 인연의 끈을 놓고 싶었는데 정을 못 잊어 찾아온 그분을 마음속에서 떠나보내기는 어렵겠다는 생각이 들었다. 그 뒤부터 인연으로 맺어진 정을 못 잊어 일요일이면 가끔 우리 집을 찾아왔다. 항상 검은 비닐봉지에 과자를 사 들고….

물론 집을 찾아올 때마다 적은 돈이지만 용돈 드리는 것을 잊지 않았다. 그렇게 몇 개월이 흘러가고 있던 어느 날이었다. 가진 돈도 없을 텐데 올 때마다 과자 봉지를 들고 찾아오시는 것이 부담되었다.

노인의 생각으로는 애들도 있고 빈손으로 오기도 어려웠을 것이다.

"영감님 무슨 돈이 있어 과자를 사 오세요."

"그래도 어린애들이 있지 않어."

"자꾸 이러시면 제가 부담스러워요."

동철은 사회복지시설에서 어렵게 살면서 올 때마다 돈을 쓰는 것이 부담스러웠다.

그래도 애들이 보고 싶어 찾아오는 노인에게 오지 말라고 하는 것은 너무 잔인할 것 같았다. 잠시 침묵이 흐르고 있었다. 얼굴에 미소를 띤 영감님은 먼 허공을 바라보면서 혼잣말처럼 중얼거린다.

"여기 애들 보고 있으면 즐겁고 행복해."

"오시는 것은 좋은데 앞으로는 돈 쓰지 마세요."

이렇게 대화는 끝이 나고 노인은 복지시설로 돌아갔다. 얼마나 정이 그리웠으면 우리 집에 왔을까? 그분을 생각하면 마음이 아파오곤 했다. 세월은 계속해서 흘러가고 영감님의 발길이 계속되었다. 그의 손에는 언제나처럼 과자 봉지가 들려 있었다.

"이제 과자 그만 사 오세요."

"괜찮아. 내가 사 오고 싶으니까."

"부담스럽다고 말씀드렸지요. 앞으로 돈 쓰시려면 오지 마세요."

순간 하지 말아야 할 말을 하고 말았다는 생각이 들었다. 마음에도 없는 말을 왜 입 밖으로 내뱉었는지 동철 자신도 알 수 없었다. 아차 하는 순간 말실수를 해버린 상태에서 노인네의 얼굴을 살펴보았다.

하얀 머리 밑으로 둥그렇게 생긴 얼굴이 붉은빛으로 변하는가 싶더니 검은 눈동자가 촉촉이 젖는다.

그리고 슬픔으로 가득 차오르는 것 같았다. 말을 잘못 뱉어버리고 후회해 보지만 되돌릴 수는 없었다.

영감님이 찾아오는 것이 싫어서가 아니고 복지시설에서 모아둔 돈도 없을 텐데 그걸 쓰는 것이 안타까웠다. 돈을 쓰지 않게 하려고 진심으로 한 말인데 순간의 잘못된 생각이 더 이상 우리 집으로 발걸음을 옮길 수 없도록 만들어 버린 것이다.

그 일 이후로 그분은 오지 않았다. 한 번쯤 다시 오지 않을까! 기다려지는 마음이었지만 영영 오지 않을 것이라는 생각이 들었다. 두 달이 지난 뒤 그분이 계신다는 노인복지 시설을 찾아갔다. 옛날처럼 과자 봉지를 사 들고 찾아오셔도 좋다고 말씀드리고 싶었기 때문이다. 관리소 문을 열고 들어가면 직원과 만날 수 있다. 두 번째 방문이라 묻는 말에 친절하게 응대해 주면 좋으련만….

의자를 뒤로 젖히고 비스듬히 앉아있는 모습이 보기에 좋은 인상은 아니었다.

"죄송합니다. 말씀 좀 묻겠는데요. 여기 시설에 문재경이라는 영감님 계시지요. 지난번에도 한 번 왔었는데…"

"무슨 일로 찾으세요?"

"아는 분인데 우리 집에 한 달에 두서너 번 찾아오셨는데 갑자기 발길을 끊어서요."

"그 영감 어떻게 알았어요?"

동철은 자초지종을 이야기하면서 아이들과 너무 잘 놀아 주어 고마운 어른이라고 말했다. 그런데 관리 사무실 직원의 표정이 처음 보았을 때와 약간 다른 표정을 지었다.

"그 노인네 여기 있으면서 밖에 나가 잡부 일을 열심히 해서 용돈을 벌었어요."

"뭐 하려고 늙은 몸으로 그렇게 돈을 벌려고 했대요."

"글쎄 손자 같은 어린애들이 셋이 생겨서 그 애들 보는 재미가 있다며 과자라도 사주어야지 자기가 행복하다면서 활짝 웃곤 했습니다."

"그럼 지금 그분 어디에 계신가요?"

"여기 없어요. 먼 하늘나라로 가셨답니다."

동철은 순간 쇠몽둥이로 머리를 얻어맞은 기분이 들었다. 울컥 눈물이 쏟아지면서 앞이 보이지 않았다. 그래서 집에 찾아오지 않았구나!

'앞으로 돈 쓰시려면 찾아오지 마세요' 하지 않아야 할 말을 뱉어버린 그날 이후 얼마나 절망했을까!

조그마한 행복을 찾아 열심히 일해서 돈을 벌어 과자 봉지를 사 들고 즐거운 마음으로 우리 가족을 찾아왔을 텐데 그 행복을 한마디 말로 빼앗아 버린 나쁜 사람이 되고 말았다.

동철의 눈에서는 미안하고 죄송한 마음으로 인해 계속 눈물이 흘러내리고 있었다. 세 치 혀가 내뱉은 말이 치명적인 상처를 주었고 절망감에서 이 세상을 떠난 것은 아닐까 마음이 아팠다. 우리가 사는 사회에서 영원한 것은 없다. 기쁨, 슬픔, 사랑, 행복, 불행의 고통까지도 영원하지는 않다.

머리가 지끈거리며 아파왔다. 잠시 마음을 추스르고 어디에 안장했는지 물었다.

"영감님 유해는 어디에 모셨나요?"

"연고자가 없어 시립묘지에 안장했습니다."

관리실을 빠져나오면서 허탈감에 발길이 무거웠다. 이 일을 어찌하면 좋을꼬, 집에서 놀고 있는 애들에게는 할아버지가 돌아가셨다고 어떻게 말해야 할까!

영감님의 죽음으로 인해 상처받을 애들을 생각하면 우울했다.

일주일 후, 우리 가족 모두 시립묘지에 묻힌 영감님을 찾았다.

하늘나라에서 슬프게 울고 계실 영감님에게 용서를 빌고

싶었다. 앞으로 과자 봉지를 사 들고 오시고 싶을 때는 언제라도 오시라고….

향기가 물씬 풍기는 하얀 국화꽃 한 묶음을 사 들고 관리소에서 알려준 대로 수많은 묘지 사이를 지나 잡초가 무성한 곳, 문재경의 묘 앞에 섰다.

아직 어린애들도 숙연해진다.

"아빠, 할아버지 정말 저속에 계신 거야?"

"그렇단다. 너희들에게 과자 사주려고 늙은 몸으로 열심히 일하는 모습이 눈앞에 선하게 보이는 것 같구나."

"이제 할아버지 영영 못 보는 거야?"

큰딸이 슬픔을 가득 먹음은 눈망울을 굴리면서 울컥하고 울음을 삼킨다.

"얘들아, 할아버지에게 인사드리고 가자."

올망졸망한 어린아이들은 아빠의 마음을 이해할까!

먼 훗날 아이들이 성인이 되면 지금의 슬픈 기억들은 모두 잊히리라 생각했다. 푸른 하늘에 하얀 구름이 둥실 떠 있고 저 멀리 야윈 얼굴의 영감님이 과자 봉지를 들고 웃고 있는 모습이 환상으로 보이는 것 같았다.

동철은 허공에 대고 조용히 외친다.

"영감님, 과자 봉지 사 들고 오셔도 좋으니까 언제라도 오세요."

　가슴속에서는 눈물이 끝없이 흘러내렸다.

　혈혈단신 세상을 살아오신 그분, 얼마나 가족이라는 울타
리가 부러웠고 정이 그리웠으면 그렇게라도 함께 하고 싶었
을까? 묘지 앞에서 눈물을 흘리는 자신을 보면서 살아온 삶
중에 가장 슬픈 이별이라고 생각되었다.

　앞으로 살아가는 동안 이런 실수를 해서는 절대 안 된다고
다짐하면서 영감님이 이승에서는 불행했지만, 반드시 저승
에서는 가족과 더불어 꼭 행복하기를 진심으로 빌어드렸다.

한 송이 야생화가 되고 싶다

문수봉 지음

발행처   도서출판 청어
발행인   이영철
영업   이동호
홍보   천성래
기획   육재섭
편집   이설빈
디자인   이수빈 | 구유림
제작이사 공병한
인쇄   두리터

등록   1999년 5월 3일
         (제321-3210000251001999000063호)

1판 1쇄 발행 2025년 4월 10일

주소   서울특별시 서초구 남부순환로 364길 8-15 동일빌딩 2층
대표전화 02-586-0477
팩시밀리 0303-0942-0478
홈페이지 www.chungeobook.com
E-mail   ppi20@hanmail.net

ISBN   979-11-6855-327-9(03810)